탄생은 불가사의한
인연의 연속

KB191896

탄생은 불가사의한 인연의 연속

발행일	2025년 3월 6일

지은이	박윤수		
펴낸이	손형국		
펴낸곳	(주)북랩		
편집인	선일영	편집	김현아, 배진용, 김다빈, 김부경
디자인	이현수, 김민하, 임진형, 안유경, 한수희	제작	박기성, 구성우, 이창영, 배상진
마케팅	김회란, 박진관		
출판등록	2004. 12. 1(제2012-000051호)		
주소	서울특별시 금천구 가산디지털 1로 168, 우림라이온스밸리 B동 B111호, B113~115호		
홈페이지	www.book.co.kr		
전화번호	(02)2026-5777	팩스	(02)3159-9637

ISBN	979-11-7224-533-7 03810 (종이책)	979-11-7224-534-4 05810 (전자책)

(주)북랩 성공출판의 파트너

북랩 홈페이지와 패밀리 사이트에서 다양한 출판 솔루션을 만나 보세요!

홈페이지 book.co.kr • **블로그** blog.naver.com/essaybook • **출판문의** text@book.co.kr

작가 연락처 문의 ▸ ask.book.co.kr

작가 연락처는 개인정보이므로 북랩에서 알려드릴 수 없습니다.

탄생은 불가사의한 인연의 연속

박윤수 **지음**

북랩

인간은 시기와 장소를 불구하고 이 세상에 태어나 고통과 번뇌를 감내하며 각자 주어진 역할에 최선을 다한다. 인간의 능력은 측정할 수 없을 만큼 넓고 깊어 원대하고 아름다운 꿈과 희망을 성취하기 위해 평생 온 정열과 에너지를 쏟아붓는 것이다. 하지만 삶은 선천적 재능과 능력에 맞는 목표를 실천하고 개선해 나가는 과정에 우연히 만나는 인연이 개인별 천차만별이라 죽음 앞에 어떤 결과물을 가져올지 예측하기 힘들고, 죽은 이후 다가오는 영혼은 어떤 방법으로 계속 이어질지 판단하기 또한 어려운 과제이다.

그럼에도 불구하고 우리는 엄마의 탯줄을 끊는 순간부터 형제, 친인척, 친구, 이웃, 스승, 동료, 상사, 외국인 등 많은 사람, 인공 물질, 자연 물질과 관계를 맺고 여기서 발생하는 수많은 문제와 갈등을 해소하며 살아간다. 우리가 평상시 이들과 얼마나 좋은 인연을 맺느냐에 따라 행복과 불행으로 갈라지므로 올바른 만남을 선택하고 유지하며 사랑하는 방법을 배우기 위해 요람에서 무덤까지 공부한다. 그래서 자신이 원하는 학교와 직장에 들어가 슬기로운 지식·지혜·경험 등을 갈고닦으며 삶의 목표를 하나둘 성취해 나가는 것이다. 삶의 목표는 높낮이에 따라 결코 타인의 비난 또는 비판의 대상이 되어서는 안 되고, 또한 이로 인해 주눅 들거나 굴복되면 절대 안 된다. 각자 살아가는 과정이나 방법은 제각기 다르므로 어떤 위치에 있더라도 동등한 인간적 대우를 서로 주고받고, 인권을 공평하고 소중하게 다루면서 자신의 길을 도도하고 당당하게 걸어가는 것이다.

우리는 평상시 평화로운 자연환경 속에 듣고, 보고, 먹고, 만지고, 느끼며 어디든지 자유롭게 다닐 수 있다는 게 얼마나 행복한 사람인지 가슴속 깊이 느껴야 한다. 왜냐하면 누군가는 집·병원 등에서 육체적·정신적으로 불편하여 자신에게 기적이 일어나기만 기원하거나, 열악한 자연환경이나 전쟁 등으로 삶과 죽음을 오르락내리락하며 한 치 앞을 내다보기 어려운 하루하루를 살아가는 사람이 세계 곳곳에 많이 있다는 사실을 잊지 말아야 하기 때문이다. 그러므로 어떤 여건에 처해도 각기 다른 다양한 꿈과 희망을 가슴에 품고, 알차고 보람찬 삶의 가치와 의미를 찾기 위해 최대한 노력하며 살아가는 것이다. 인간은 죽음보다 삶을 선택해 고귀한 존엄성, 자긍심, 품위를 유지하며 살아가는 존재이지만, 한편으로는 거대하고 광활한 우주 속에 존재하는 수천억 개의 은하계 중 하나인 태양계의 지구 작은 공간에 갇혀 오묘한 자연물과 관계를 맺어 가며 공생·공존하고 살아가는 아주 미미한 존재이기도 한 것이다.

모든 생명체는 하늘과 대지 사이에 존재하는 인간, 태양, 구름, 달, 바람, 꽃, 나무, 가구, 물체 등 자연물과 하나가 되고, 하나가 모두가 되는 과정을 겪으며 불가사의한 인연을 맺고, 평온하고 조화롭게 자유로운 생활을 영위하다가 언젠가 홀연히 우주 속으로 되돌아가야 하는 자연의 원리를 벗어날 수 없다는 사실이다.

결국 육체적·정신적 활동이 멈추는 순간, 물질적인 육체는 어머니의 대지로 흡수되고, 비물질적인 영혼은 후손에게 정신적·심리적 유산인 어떤 흔적을 남기면서 측정 불가능한 우주의 미지 세계로 힘차게 뻗어 나가는 것이다.

박 윤 수

차례

3. 인연으로 시작하는 배움의 길

4. 꿈을 향한 멈출 수 없는 모험의 연속

5. 모두가 하나, 하나가 모두 되는 자연 현상

6. 살아 숨 쉬고 있음에 감사하는 삶

7. 죽음을 당연히 받아들이는 슬기로운 지혜

8. 자유로운 영혼에 담긴 유산

1. 탄생과 함께 시작하는
아름다운 꿈과 희망

21세기에 적합한
생존 전략은 무엇일까

우주에 존재하는 생명체는 탄생하면서부터 자연환경과 주변 여건 변화에 민감하게 적응하면서 영역을 지키기 위해 먹이사슬과 생존·경쟁하고 싸우며 살아왔다. 인류 투쟁은 수백만 년 전부터 생리적·물리적·정신적·심리적·도덕적으로 진화하면서 인간과 동물로 구분되어 진보·발전해 온 것이다. 동물은 단순히 약육강식을 통해 살아남기 위해 경쟁하였다면 인간은 생존 경쟁과 더불어 더 나은 내일을 위한 선의의 경쟁을 통해 원대하고 아름다운 꿈과 희망을 성취하고자 창의적으로 생각하고, 고민하고, 남들이 나보다 잘하는 것을 모방하고, 새로운 것을 배우고, 습관화시키면서 사지와 뇌를 발달시켜 왔다. 특히 인간의 뇌는 과거와 현재보다 더 나은 내일의 미래를 꿈꾸는 정신 자세, 높은 도덕적 양심, 현실 특성에 맞는 심리적 행동 등을 강화해 건강한 사회 발전에 기여하며 발달되어 온 것이다. 앞으로도 인간은 큰 변혁이 일어나지 않는 한 지속적으로 인권과 자유를 보장하면서 지속 가능한 에너지 기술, 효율적 자원 관리, 안전 확보, 환경 보호, 생명공학, 의료 기술, 수명 연장 등을 위한 최첨단 기술 개발에 상호 협력하는 가운데 개인, 조직, 사회, 국가의 꿈과 희망을 성취하고, 안전하고 평화로운 세상이 형성되게끔 진보해 나갈 것이다.

21세기에 존재하는 현대인은 과학자가 만들어 낸 인공지능(AI)

탄생은 불가사의한 인연의 연속

로봇·ChatGPT 등 첨단 기기와 두뇌 경쟁하면서 지금 무엇을 해야 하고, 어떻게 살아야 하는지 매일 고민하고 번뇌하며 삶의 가치와 의미를 찾아간다. 자신에게 주어진 여건에 따라 꿈과 희망에 대한 크기와 모양은 상당한 차이가 있겠지만, 행복하고 건강한 삶을 추구하는 측면에서는 누구에게나 동일하고 소중한 것이다. 그러므로 꿈과 희망이 보잘것없다고, 실현 불가능한 목표라고, 현실과 동떨어진 엉뚱한 내용이라고 가족, 친인척, 주변 사람으로부터 비난·비판·조롱을 받더라도 결코 주눅 들거나 굴복되지 말아야 한다. 자신의 의지에 따라 설정한 아름다운 꿈과 희망은 타인에게 부담과 불편을 주지 않는 것이라면 자신에 대한 신뢰감과 자존심을 갖고, 타인에게 신경 쓸 것 없이 도도하고 당당하게 추진해 나가는 것이다. 비관적이고 비판적인 사람은 자신이 가지고 있는 꿈과 희망이 완벽하지 않으면서 타인의 꿈과 희망을 질투하고 시샘하기 급급하다. 반면에 긍정적이고 낙천적인 사람은 서로 아낌없이 격려와 칭찬을 자주 해 주고, 언젠가 꿈과 희망을 성취할 수 있다는 것을 끊임없이 상상하고, 좋은 메시지를 주변 사람에게 전파하며 끝까지 열정과 성의를 다하며 살아간다. 꿈과 희망을 성취하는 것은 현실 앞에 놓인 많은 문제와 갈등을 극복해 나가야 하는 매우 힘들고 어려운 과제이지만, 이를 두려워하거나 포기하지 않겠다는 나만의 의지와 용기가 절대적으로 필요한 것이다. 즉, '나는 할 수 있다'는

확고한 신념과 자신감을 갖고 사는 것이 무엇보다 중요하다는 것
이다.

탄생은 불가사의한 인연의 연속

경험을 통해 설정한
아름다운 꿈과 희망

누구든 태어날 때에는 빈손이었고, 우주 속에 아주 미미한 존재인 것은 똑같다. 하지만 고난과 역경은 태어난 장소와 시기, 주변 여건 등에 따라 빈부귀천이 생겨 삶에서 겪어야 하는 경중은 뚜렷이 구별되고, 차이가 발생되는 것이다. 행복과 불행은 자신이 처한 고난과 역경을 어떻게 슬기롭게 이겨 내느냐, 우연히 만난 다양한 사람을 어떻게 이끌고 가느냐에 따라 갈라진다. 우리가 행복한 삶을 원한다면 주변 환경이 열악하다고, 좋은 집안이 아니라고, 재물이 적다고, 성적이 나쁘다고, 우수한 대학과 직장을 얻지 못했다고, 취직이 안되었다고, 결혼하지 못했다고, 건강하지 않다고 낙심하거나 속상해하지 말고 자신만이 가지고 있는 재능 또는 내면의 장점을 찾아내는데 더욱 집중해서 보람찬 내일을 위해 인내와 끈기를 갖고 전진 또 전진하는 것이다. 삶의 과정에는 수많은 만물과의 만남으로 인해 우여곡절이 많이 생기고, 실수와 실패를 거듭하면서 성장 발전해 나가는 것이다. 삶의 일부분이 뜻대로 잘 풀리지 않는다고 실망하거나 자괴감에 깊이 빠져 자포자기하면 절대 안 된다. 자신 내면의 힘이 외부 부정적 요인에 굴복하여 삶에 대한 열정이 식는다면 하늘도, 주변 사람도 도와주지 못한다. 정말 힘들고 어려울 때 가만히 눈 감고 생각해 보면 자신보다 열악한 환경 속에서도 꿋꿋이 잘 견디고, 온갖 고통, 번뇌, 모욕, 절망 등을 이겨 내며 살아가는 사람이 많이 있다는 것을 알 수 있다. 이동 인구가 많은 전통재래시장, 농수산물

경매장, 어촌시장, 시골 장터 등에서 매일 치열하게 인간관계를 맺어가며 살아가는 현장을 직접 경험해 보는 것도 좋은 방법 중 하나이다. 다양한 사람이 바쁘게 왕래하며 자신과 가족의 안녕과 행복을 위해 열심히 살아가는 모습을 직접 가슴으로 접해 보면 무언가 삶에 대한 애착이 새롭게 느낄 것이다. 특히 시끌벅적한 전통시골장터에서 상인과 함께 서로 북적이는 가운데 필요한 생필품을 현장에서 흥정하고 구매해 보면서 자신의 아름다운 꿈과 희망, 보람찬 삶의 의미와 가치를 되새겨 보는 것이다. 집에서 농사지은 농산물을 길거리에 늘어놓고 파는 사람, 광대놀이 하며 건강식품을 파는 사람, 조그마한 구멍가게에서 김밥과 떡볶이를 파는 사람, 트럭·리어카에 사과, 포도, 바나나 등 과일을 파는 사람, 가지각색의 옷과 가방 등을 파는 사람, 가정에 필요한 주방 기구, 공구, 생활용품 등을 파는 사람, 이를 구경·구매하고자 왕래하는 사람 등 서로 옷깃 스치고 좁은 골목을 오가며 무엇인가 성취하기 위해 열심히 살아가는 모습을 눈으로 확인해 보고 가슴속 깊이 느껴 보는 것이다. 또한 정장 또는 편한 복장으로 높은 빌딩 사무실이나 큰 공장에서 AI 로봇, PC, 각종 서류, 기계 설비 등과 함께 하루 종일 씨름하며 눈코 뜰 새 없이 숨 가쁘게 살아가는 사람 모습도 상상해 봐야 한다. 그러면서 각자 살아가는 방법이 사뭇 다르다는 것을 확인하고, 자신의 현재 모습을 되돌아보며 삶의 방향을 재설계하는 계기를 마련하는 것이다. 삶이란 주어진 여건 속에 힘껏 살아가는 것이라는 것을 현장 또는 책 등을 통해 직간접적 방법으로 많은 경험을 다양하게 해 보고, 여건이 어떻든 아직까지는 아름다운 꿈과 희망을 잃지 않고 살아갈 만한 가치와 의미가 있다는 것을 확인하고 다시 시작해 보는 것이다.

탄생은 불가사의한 인연의 연속

실수와 실패를
삶의 촉진제로 활용하자

삶의 질은 어떤 꿈에 대해 열정을 가지고 사느냐, 대충대충 사느냐, 삶의 과정에 일어나는 실수와 실패를 어떻게 대응하느냐에 따라 상당한 차이가 발생한다. 꿈을 성취하지 못하는 사람은 대부분 참신한 계획을 세우고 실천으로 옮기는 과정에서 힘들고 어려우면 작심삼일로 끝내거나 목표의 정점에 거의 가까워질 무렵에서 더욱더 박차를 가하지 못하고 그 자리에 주저앉는 경우가 많다. 이에 반해 꿈과 희망을 성취하는 사람은 남들이 거들떠보지 않는 고되고 힘든 일이라고 주변에서 조롱하며 비아냥거려도, 중간에 결코 포기하지 않고 일관된 자세로 힘차게 앞으로 나간다. 그리고 추진 과정에서 일어나는 실수·실패 등의 원인을 명확히 분석·파악하여 또다시 반복되지 않도록 노력한다. 이들은 좀 더 나은 삶을 위해서 남녀노소·장소와 관계없이 슬기로운 지혜, 교훈, 개선 방법을 수시로 배우고 활용해 나겠다는 긍정적·낙천적·적극적 사고방식을 가지고 생활하는 것이다. 즉, '괜찮다', '시간이 지나면 어렵고 힘든 일이 잘 해결되어 더 좋은 일이 일어난다'라는 굳은 신념을 갖고 살아가는 것이다. 16세기 말 삼군통제수군사·자헌대부 등을 지낸 충무 이순신은 임진왜란 중 탄핵과 파직을 거듭 당하면서도 이에 굴하지 않고 다시 복귀해 명량해전, 한산도대첩, 노량해전 등에서 대승을 거두고, 그 와중에 『난중일기』를 저술하면서 왜군이 쳐들어오는 길목을 막아 사후에 영의정으로 추증되었다. 19세기 초 실학자·철학자·저술가 다산 정약용은 병조참지·동부승지 등의 관직 생활을 하다가 정치적 모함으로 오랜 기간 경상도 장기, 전라도 강진 등에서 귀양살이하면서도 절망과 좌절을 극복하고, 『목민심서』, 『경세유표』, 『흠흠신서』 등 많은 저서를 남겨 후손에게 도움이 되는 삶의 지표를 남겼다. 같은 시기 서예가·실학자·화가인 추사 김정희는 병조참판, 이조참판 등을 지내다 대역죄 모함으로 제주도, 함경도 북청에서 귀양살이하면서도 한탄하지 않고, 그곳에서 할 수 있는 일을 찾아 세한도, 초한도, 부작란도 등을 그리며 추사체 대가로 유명해진 것이다. 이들은 탄핵, 파직, 모함, 실패, 실수 등을 거듭하면서도 이런 것들이 꿈과 희망을 이루기 위해 일보 전진하는 촉진제라 생각하며 결코 중간에 포기하지 않고 열정과 에너지를 더욱더 쏟아부었던 것이다. 물이 끓어 100℃를 넘어 수증기로 증발되기 위해서는 더 강한 열을 가해야 수증기로 변하듯이, 우리의 꿈과 희망도 밤낮을 가리지 않고 정신적·육체적 활동을 남보다 10배 또는 100배 이상 더 열심히 노력해야 현실보다 더 높은 위치로 성장 발전해 나갈 수 있다는 것을 믿어야 한다.

빅뱅우주론에 의한
지구·인류 탄생

모든 물질의 생사 여부와 인과 관계는 잠시도 쉬거나 고정되어 있지 않고 계속 변한다. 우주와 지구에 존재하는 생명체가 탄생하면 반드시 소멸한다는 이론은 인간이 만들어 낸 자연법칙의 일부일 뿐이므로 우주 만물의 존폐를 과학적 명확한 근거 없이 섣불리 단정지을 수 없다. 우주 속의 존재하는 태양계와 같은 수많은 은하계도 언제 어떻게 사라질지 현대 과학 기술 능력으로 측정 불가능하므로 현재까지 여전히 미지의 세계로 남아 있다. 왜냐하면 철학적 또는 종교적 관점에서 바라보면 현재 최첨단 과학 기술로도 증명할 수 없는 우연, 기적, 불멸성 영혼 등이 있고, 이런 신념과 유사하거나 다른 다양한 의견이 미래에 나올 수 있기 때문이다. 그래서 세계 과학자는 과거부터 현재까지 밤낮 가리지 않고 우주와 지구 존폐 여부 등에 대한 명확하고 확실한 근거를 찾기 위해 탐구와 연구를 계속해 오고 있는 것이다. 영국 천문학자 프레드 호일이 1950년에 빅뱅이란 용어를 만들어 사용하기 시작한 것에 의하면 태초의 초원자가 대폭발하여 생성된 우주의 나이는 약 100~200억 년 사이로 추산되고, 원시지구는 약 40억 년 전에 탄생하였으며, 앞으로 수십억 년이 지나면 현재의 지구가 소멸하여 모든 생명체가 사라진다는 정확한 이론과 근거를 명확하게 제시하지 못한 채 추정하는 정도로 그치고 있다. 우주와 지구에 존재하는 모든 물질이 생성되면 반드시 소멸된다는 이론은 절대적 진리가 아니므로 앞으로 계속 심도 있게 연구

검토해 나가야 하는 과제이다. 그렇지만 현재까지는 빅뱅우주론을 그대로 수용하여 사용하고 있는 상태인 것이다.

　최근 관측 기술과 밝혀진 데이터를 바탕으로 추측한 것에 의하면 우주는 태양계를 포함하여 관측 가능한 수천억 개의 은하계가 있다는 것이다. 이 중에서 태양계에 속해 있던 원시지구는 오래전부터 연간 평균 1,000개가 넘는 미행성체가 충돌하면서 고온·고압 상태가 되었고, 이들이 가지고 있던 물과 이산화탄소 등의 휘발 성분은 순식간에 증발하여 원시 대기를 형성하여 지표의 온도를 계속 상승시켰다. 이로 인해 철, 니켈 등 무거운 물질의 중심부와 수소, 메탄 등 가벼운 물질의 지각으로 분화되기 시작한 것이다. 지표는 용융되어 마그마의 바다를 이루고 원시대기의 변화에 따라 수증기를 흡수하고 방출하기를 반복했고, 화산 활동으로 물, 메탄, 이산화항 등이 포함된 대기가 형성되었다. 점차적으로 미행성체의 충돌이 줄어들어 지표가 냉각되어 마그마는 굳어지고 원시지구에 큰 비가 내려 바다가 형성된 것이다. 원시지구 지하에 마그마, 그 위에 얇은 원시 지각, 바다, 이산화탄소의 대기를 지닌 층상구조가 형성하면서 현재의 지구는 약 20억 년 전에 완성된 것으로 추측되고 있다. 지구가 냉각된 직후 10억 년 전부터 생명체가 탄생하기 시작하였고, 우리가 살고 있는 한반도 내의 백령도, 소청도 등에서도 이 시기에 형성되어 아름답게 솟아 있는 암석·화석 등의 층상 구조 퇴적물이 발견되었다.

인간은 변화무쌍한 자연 환경 변화와 치열한 생존 경쟁에서 이겨 낸 나무두더지, 날원숭이, 침팬지, 유인원 등과 같이 젖을 먹여 새끼를 키우는 영장류로서 포유류에 속한다. 원시 유인원은 지구가 탄생한 이후 다세포 생물과 진핵생물이 최초로 등장하여 오존이 생성되고, 삼엽충, 필석, 갑주어, 고사리 등 많은 생물들이 등장한 고생대(5억 4,100만~2억 5,200만 년)를 지나, 파충류, 공룡, 쥐라기, 겉씨식물 등이 번성하고 절멸하는 중생대(2억 5,200만~6,600만 년)를 거치면서, 알프스와 히말라야 등 큰 산맥이 생기고, 주기적인 빙하기, 간빙기를 일어나 대형 포유류, 조류, 꽃식물, 곤충 등이 번성한 현재의 신성대(6,600만~2025년 현재) 4기에 속해 있는 것이다. 현대 인류는 지금부터 약 400만 년 전부터 원자와 전자, 생명체와 비생명체 사이에 작용하는 기적과 같은 돌발적 자연 현상의 돌연변이에 의해 등장한 원시 유인원으로부터 시작하여 정신적·육체적·심리적·정서적 진화를 거듭하며 발전해 온 것으로 추측하는 것이다. 왜냐하면 돌연변이와 기적 같은 현상은 분자, 원자, 소립자인 전자로 이어지는 물질 구조를 인간이 만들어 놓은 법칙과 원리 또는 현재 보유하고 있는 최첨단 과학 기술로 생명의 진화와 발전 과정 등을 정밀 분석하여 명확하게 입증할 수 없기 때문이다. 그래서 현재까지 인간은 아프리카 대륙에서 종종 발굴해 낸 유인원화석으로부터 시작되었다고 알려져 있다. 이 중에서도 약 390만 년 전에서 290만 년 전까지 직립 보행의 특징과 유인원 같은 얼굴을 가진 아파렌시스 화석을 1974년 동아프리카 에티오피아 북동부 하다르의 삼각주 계곡에서 미국의 고인류학자 도널드 조핸슨 등이 발굴하여 이를 '루시의 종'으로 명명했다. 그 후 도널드 조핸슨과 메이틀랜드 암스트롱 에디가 공동 저작한 『루시: 인류의 시작(Lucy: The Beginnings of Humankind)』이란 책을 발간하면서 세상에 최초 어머니 '루시'가 알려졌다. 이들이 발견한 루시의 키는 약 1미터, 몸무게가 평균 27킬로그램 정도로 매우 작은 것으로 알려져 있는데, 이들로부터 태어난 후손이 번성하여 아프리카를 거쳐 유럽, 아시아, 아메리카 등으로 이동하면서 돌연변이, 기적 등으로 계속 진화·발전되어 온 것이다. 백인종·흑인종·황인종은 최초 원시인이 어떤 대륙에서 몇백만 년 동안 햇볕에 얼마나 노출시켰는가에 따라 멜라닌의 양이 조정되어 구분되었고, 살아온 장소의 온도, 습도, 음식, 생활 양식 등에 따라 다양하게 각 지역의 특색에 맞춰 국가가 형성되며 변천·발전해 왔다. 지금 세계 곳곳에서 갓 태어난 신생아가 하루 평균 대략 25만 명씩 세상에 태어나고 있으며, 이들은 수많은 인간, 물체, 물질과 인연을 맺어가며 일반 성인으로 꾸준히 성장해 제각각 다양한 삶에 대한 원대하고 아름다운 꿈과 희망을 갖고 한정된 시간 속에 목표

탄생은 불가사의한 인연의 연속

를 성취하면서 과거·현재와 다른 찬란한 미래를 건설해 나가고 있는
것이다.

최첨단 시대에 맞는
지식 습득과 목표 설정

현대 청소년은 7-80년 전과는 달리 경제 및 생활 여건이 풍요로워지고 많은 지식을 손쉽게 습득할 수 있어 조금 힘들고 고된 어려운 3D 업종을 회피하는 경우가 많아 중소기업에서, 농촌에서 일손이 부족하다고 아우성이다. 3D 업종은 대부분 경제 여건 등이 좋지 않은 동남아·아프리카·남미 지역 노동자가 수행하고 있지만, 우리나라 청소년도 이들보다 더 나은 스펙이나 고급 지식이 없으면 이를 수행해야 한다는 마음 자세를 갖춰야 한다. 왜냐하면 누구든 평상시 마음만 먹으면 인터넷 또는 ChatGPT 등 첨단 기기를 통해 필요한 고급 지식과 정보를 24시간 언제 어디서든지 자유롭게 취득할 수 있는 시대가 되었으므로 양질의 노동시장은 경쟁이 점점 더 치열해질 수밖에 없기 때문이다. 또한 최첨단 AI 로봇이 정보통신기술(ICT) 발전과 함께 개발되어 어렵고 힘든 단순노동뿐만 아니라 사물 인터넷을 통해 사람이 없어도 사물끼리 정보를 주고받으며 알아서 판단 조정 처리하는 수준까지 급속히 발전했다. 그래서 인간이 수행하던 많은 일을 AI 로봇이 대신 처리해 주고 있기 때문에 한시도 긴장을 늦출 수 없다. 최근 우리나라는 인구 절벽이 눈앞으로 다가왔다는 보도도 끊이질 않고 있다. 꿈과 희망이 많은 청년세대(19~34세)는 2022년에 1,061만 명에서 2052년에 484만 명으로 절반 수준으로 줄어들고, 출산율(0.72명; 2023)도 OECD 평균 출산율(1.40명; 2023)의 절반 수준으로 떨어져 경제력 성장뿐만 아니라 국가 존폐 여부까지 고민해야 하는 실정까지 도달했다는 내용이다. 이런 어려운 환경 속에서 자신의 여건, 최첨단 시대에 필요한 지식 획득과 목표를 설정하여 적합한 일자리를 찾으며 근면 성실한 자세로 꿈과 희망을 성취하는 것이 아니라 허황되고 이상적 꿈만 꾸면서 복권이나 아파트 당첨 등 요행을 바라는 사람이 여전히 주변에 많이 남아 있다면 사회적 문제가 크게 발생할 것이다. 꿈과 희망에 대한 높낮이는 나이, 성별, 지역 등 생활 여건을 감안하여 자유롭게 스스로 설정하는 것이다. 하지만 자신의 현 위치와 지식 수준에 맞는 실현 가능한 현실적 목표를 잘 설정해야 성취할 가능성이 높아진다는 것을 망각해서는 안된다. 삶의 목표는 높은 학력, 많은 재물, 힘센 권력, 존경받는 권위 등이 아니더라도 괜찮다. 그저 평범한 보통 사람으로서 주변 이웃으로부터 손가락질받지 않는 소소한 목표를 설정해 놓고 주변 여건에 맞게 근면 성실하고 정직하게 최선을 다해 노력한다면 그 자체가 정말 아름답고 보람찬 삶인 것이다. 삶은 자신의 여건에 맞는 작은 목표부터 시작하여 차근차근 목표치를 한 단계씩 높여 간다면 미래를 예측할 수 없기에 앞으로 어떤 위대한 인물로 변할지 아무도 모른다. 반면에, 누구든 아무리 작은 목표일지라도 최선을 다하지 않고 단순히 잠자고, 먹고, 놀면서 설렁설렁 닥치는 대로 행동하겠다는 생각을 가진다면 원하는 목표를 한정된 짧은 시간 내에 성취할 수 없을 뿐만 아니라 귀중한 젊은 시간을 눈 깜짝할 사이에 낭비해 머

탄생은 불가사의한 인연의 연속

지않아 후회한다. 결국 이들은 현실과 미래에 대한 비전이 없어 노
후에는 비참하고 하찮은 생활을 맞이할 가능성이 높아지는 것이다.

목표에 대한 확고한 신념을
갖춰야 한다

꿈과 목표는 위대한 것부터 소소한 것까지 헤아릴 수 없이 많이 있다. 전문 자격증 획득, 우수 대학 진학, 권위를 가진 학자·과학자·교수, 권력을 갖춘 정치인·법조인·행정인, 유명한 가수·화가·연예인, 올림픽 금메달 획득, 베스트셀러 작가, 세계여행을 통해 많은 지혜를 얻고 싶은 꿈, 경치 좋은 곳에서 평화로운 전원생활 하고 싶은 꿈, 오랫동안 만나지 못한 친구·지인을 만나고 싶은 꿈, 내 집을 갖고 싶은 꿈, 일부 장애·불치병 극복으로 건강한 생활을 하고 싶은 꿈 등 우리가 꿈꾸는 모든 것 어느 하나 소중하지 않은 것이 없다. 그러나 어떤 목표든 하루아침에 이루어지는 것은 거의 없다. 땀방울의 가치를 찾는 노력, 자신에 대한 신뢰감과 자신감, 포기하지 않는 불굴의 의지, 정직하고 성실한 생활양식, 불필요한 요청을 정중히 거절할 줄 아는 지혜 그리고 철저한 시간 관리 등을 잘해야 원하는 시기에 목표 성취가 가능한 것이다.

인간은 유한한 삶을 살아야 하고 앞날을 미리 예측할 수 없기 때문에 원하는 꿈과 목표를 모두 성취할 수 없다. 이런 한계성을 인정하면서도 누구든 '꿈은 이루어진다', '하면 된다'라는 확실하고 강한 신념을 갖고 견디기 어려운 일을 감내하며 천운이 다할 때까지 최선을 다하는 것이다. 즉, 자신이 성취한 결과물의 높낮이가 아니라 후손에게 올바른 정신적·심리적 방향을 제시하고, 인류가 한 단계 더 진보하는 데 어떤 역할을 다했다는 그 자체로 행복감과 만족감을 갖는 것이다. 아무리 지식이 많고, 권력이 있고, 재물이 많고, 재능이 특출하다고 해도 모든 분야에서 다 성취할 수 없다. 여러모로 부족한 사람도 풍족한 사람이 가질 수 없는 0.1%의 틈새를 보고 아름다운 꿈과 목표를 성취할 수 있다는 기대를 갖고 살아가는 것이다. 새로운 마음으로 매일 생활하다 보면 어느 순간 어둠은 사라지고 희망찬 햇살이 수평선 위로 떠올라 실낱같은 밝은 빛이 우리 일상 앞에 어김없이 나타날 것이다. 낙천적이고 긍정적 사고를 가진 사람은 숨쉬고 있는 한 과거와 다른 모습으로 좋은 기회가 반드시 내 앞에 나타날 것이라는 희망을 끊임없이 상상하고, 또 상상한 대로 기적이 일어날 것이라 기대하며 살아간다. 그래서 이들은 현실을 두려워하거나 주저하지 않고 맑은 정신으로 모든 만물과 유익한 인연을 맺을 준비를 항상 가지고 생활하는 것이다. 자연 속에 움츠리고 있는 씨앗은 수많은 동물로부터 짓밟히고 폭풍우가 몰아치는 험한 날씨 속에서도 꿋꿋하게 견뎌 내면서 어여쁜 꽃과 향기로운 냄새를 뿜어 내며 열매를 맺는다. 가냘프고 여린 식물도 작은 줄기와 잎으로 태양의 정기를 받아 가며 어둡고 습한 지역에서 잘 자라난다. 하물며 만물의 영장이라 자부하는 인간이 조금 힘들고 어렵다고 참아 내지 못하고 중간에 꿈을 포기한다면 자존심이 상하지 않겠는가? 인간은 동식물과 다르게 고귀한 존엄성과 품위를 가진 자존심 강한 존재이다. 그러므로 고차원적인 자아와 슬기로운 지혜를 최대한 잘 활용해 에너지가 모두 소진할 때까지 목표 성취를 위해 열심히 노력하고, 어느 시점에서는 그 결과물에 만족하며 이를 엄중히 받아들이는 자세를 갖춰 나가도록 힘쓰는 것이다. 우리 가슴속 깊이 담긴 꿈과 목표는 하늘이 내려 준 생명줄과 같은 것이기에 절대로 중간에 포기하거나 스스로 놓아 버리면 안 된다. 빈부귀천을 따지지 말고 천운이 저절로 없어지거나 끊어질 때까지 최선을 다해 살면서 정신적 유산과 맑은 영혼이 후손에게 영원히 이어지도록 노력하는 것이다.

개인과 국가에 맞는
발전·방안을 구축하자

최근에는 AI 컴퓨터, 인터넷, 휴대폰 등을 통해 한순간도 쉬지 않고 수만 킬로미터 떨어진 세계인과 서로 영상 통화 하고, 대화하며, 수많은 정보를 주고받을 수 있게 되었다. 과학 기술 발전 속도가 너무 빨라 수년, 수십 년 전에는 불가능하다고 생각했던 것이 어느 날 갑자기 내 앞에 나타나 깜짝깜짝 놀라게 만들기도 한다. 빅 데이터 분석, 로봇공학, 무인 운송 수단, 나노기술, 사물인터넷, 드론, Chat-GPT 등 제4차 산업혁명을 통해 AI 물체가 인간의 지적 분야까지 대신 처리할 수 있게 넓어지고, 하물며 우수한 인간을 복제해 나와 너를 구분할 수 없는 날이 머지않아 현실로 나타날지도 모른다. 만약 인간 복제가 현실 속에 보편화된다면 여러 가지 윤리 문제가 복합적으로 일어날 것이고, 인간이 로봇에게 지배당하는 일이 일어나지 않는다는 보장도 없을 것이다. 그러므로 인류에게 절대 이런 일이 일어나지 않도록 세계인이 온갖 지혜를 모아 대책을 미리 수립해나가야 한다.

세계인은 지역적·정치적 여건에 따라 경제 개발 수준과 문화생활 수준이 다르게 형성되어 있고, 서로 다른 수많은 꿈과 희망을 가지고 살아간다. 국제통화기금(IMF) 또는 국제연합(UN)에서는 선진국, 개발도상국, 최빈국을 경제 개발 수준에 따라 분류하고 있다. 이들 중 네팔, 소말리아, 아이티, 솔로몬 제도 등 최빈국은 대부분 자원이 없거나 정부 조직이 부패하여 경제적으로 어려움을 겪고 있다. 이곳에서 태어난 사람은 대부분 하루 1달러(1,400원)도 벌지 못해 굶주림과 질병 등으로 기아에 허덕이면서 평생 어렵게 살아간다. 이들 나름대로 현실보다 더 나아질 것이라는 희망을 갖고 인간의 존엄성을 지키며 살아가는 것은 선진국 사람과 크게 다르지 않다. 선진국은 개발도상국 또는 최빈국보다 풍부한 자원, 다채로운 문화생활, 좋은 주거 조건, 맛있는 음식을 마음껏 먹고 질 좋은 옷을 입는 등 풍족하고 여유로운 생활을 할 수 있다. 그러나 이들 주요 도시 뉴욕, 런던, 파리, 도쿄 등 대도시에서도 호화 생활 하는 사람, 가난에 허덕이는 사람, 실업자, 마약에 빠진 중독자, 길거리에서 구걸하는 사람 등 다양한 계층의 빈부격차로 갈등이 항상 존재하는 것이다.

태양, 공기, 흙, 물, 바람, 나무, 숲 등 천연 자연물은 최빈국, 개발도상국, 선진국 가릴 것 없이 자유롭게 누릴 수 있지만, 이를 어떻게 활용하느냐에 따라 생활 수준이 매우 다르게 나타난다. 한 예로서 평상시 자주 마시는 기호 식품커피를 생성하는 과정을 살펴보면 현실 세계의 빈부격차와 생활 수준이 그대로 나타난다. 중미의 니카라과 외진 곳에서 태어나 커피농장에서 일하는 노동자는 목숨 걸고 선진국인 미국으로 건너가지 못하면 평생 죽을 때까지 거의 따뜻한 이불과 푹신한 베개도 없이 쪽잠을 자며 아침 일찍 일어나 하루 종일 10시간 이상 넓은 커피 밭에서 땀이 범벅이 되도록 일해야 살아 갈 수 있다. 이들은 하루 일당 1달러밖에 못 벌어 어렵고 힘든 삶으로 대를 이어 가며 살아야 한다. 그렇지만 이들 역시 어려운 현실을 탈피하겠다는 아주 작은 실낱같은 희망과 꿈을 가지고 열심히 커피 열매를 따며 하루하루를 연명해 나가고 있다. 커피 한잔을 만드는 과정에서 생기는 이익금은 생산 유통 과정에 투자한 자금만큼 큰 차이가 발생한다. 자금 투자 없이 단순히 커피 농장에서 열매를 따는 니카라과, 베트남, 콜롬비아, 에티오피아 등의 노동자 임금과 자금 투자가 필요한 세척, 로스팅, 분쇄, 포장, 유통, 광고 등의 가공 과정을 거쳐 유통시키는 곳에 많은 재원을 투자한 미국, 영국 등의 선진기업인이 가져가는 이익금은 각 분야별 투자한 금액에 따라 달라진다. 선진기업은 빈민국의 울창한 우림 지역을 저렴한 가격으로 구입, 불도저로 밀어 넓은 커피 농장으로 만들고, 싼 임금으로 커피 열매를 딴다. 이들은 열매를 세척·분쇄·포장하는 공장 시설과 고급 인력양성에 많은 자원을 투자한다. 또한 이런 유통과정에서 커피 생두 가격과 커피 음료 가격이 거의 300~400배에 가깝게 벌어지게끔 관련 규정과 시스템을 만들도록 각국 정부와 관련 단체에 정치적 로비 활동을 벌이기도 한다. 선진기업은 자연 원재료의 가공 기술과 소비자 구매 욕구를 충족시키는 방법을 연구 개발하고, 이에 필요한 고급 인력 확보를 지속적으로 양성해 저임금의 인적 자원을 이용한 노동 이익금보다 가공 기술 및 판로개척 등으로 발생하는 이익금을 더 많이 남기는 방법을 찾아내는 데 온갖 경제적·정치적 활동을 다하는 것이다. 그래서 선진국이나 선진기업이 재원·정책 등이 열악한 빈민국 위에 군림하며 모든 일을 조정하는 것이다. 이런 현상은 원시시대부터 현재까지 가족, 조직, 국가 등 더 좋은 여건에서 생활할 수 있도록 만들기 위해 다각적 방법으로 진화 발전해 왔으며, 앞으로도 지구가 멸망하기 전까지 모든 분야에서 유사하게 일어나 개인, 기업, 국가 간 빈부격차는 쉽게 해결되지 않을 것이다.

원시시대·로마제국·14세기에는 선진국 유럽인도 흑사병이 창궐하고, 의학 기술이 발달되지 않아 기아에 허덕이며 평균 수명 30세를 넘기지 못한 시절이 있었다. 그러나 이들은 그 시대에 맞는 지식·목표를 설정하고, 국민정신교육, 체계적사회조직, 공평한규칙과법률 등을 갖추고, 꿈과 희망을 포기하지 않고, 지속적으로 과학 기술과 의학 기술 등을 발전시켰으며, 약소국가의 넓은 지역을 점령해 자원개발과 원자재를 확보해 온 것이다. 21세기 지금은 선진국으로 발돋움해 백세 시대를 꿈꾸며 편안하고 안정적인 의식주를 갖추고 다양한 문화생활을 즐기고 있는 것이다. 빈민국이 어렵고 힘든 생활을 벗어나지 못하는 것은 자본 및 지하 자원 등이 부족해서라기보다는 자국의 지도자가 국민 교육, 사회 조직, 규율 등 체계적 정책 발전

탄생은 불가사의한 인연의 연속

방안을 마련하는 데 필요한 지도력과 정치력을 잘 발휘하지 못해 자국민의 정신 자세와 의식 수준이 선진국 국민보다 뒤처져 있기 때문에 빈곤을 탈피하지 못하는 경우가 많다. 자본과 지하 자본 등이 부족하지만 중진국 또는 선진국으로 성장한 대한민국, 싱가포르, 대만 등은 교육, 조직, 규율에 대한 체계적 발전 방안을 잘 구축해 성공한 국가이다. 교육, 조직, 규율은 자국 지도자의 강력한 리더십으로 제도적으로 정착시켜야 하지만, 이것들은 아주 천천히 변하고 조금씩 개선·발전해 나가므로 사회 구성원 전체가 함께 적극 동참해 의식 수준을 적극 개선해야 가능하다. 빈민국의 정책지도자와 입안자는 자국민을 위해 헌신과 봉사 정신으로 관련 규정과 의식구조를 빨리 개선시키는 방법을 찾아내고, 현지 실정에 맞는 정치 제도가 자국민 모두에게 잘 전달되어 실천과 행동으로 이어져 각자 맡은 바 임무에 최선을 다할 수 있는 사회 시스템을 구축해 나가야 한다.

 인간이 살고 있는 사회 구조, 문화생활, 지식 수준에 따라 세상에 접근하는 방법과 생활 양식도 많이 다르다. 풍부한 지식과 지혜를 갖춘 사람은 과학 기술·의학·정치 등의 문제에 관심을 가지고 나만이 아닌 가족·사회·국가·인류 발전에 많이 기여한다. 하지만 어떤 사람은 정신적 삶의 가치와 도덕적 양심 측면보다 물질적 영토 확장, 경제 규모 확대 등으로 사회 발전을 도모해 나간다. 외적인 물질적 발전이 자신과 주변 사람을 행복하게 이끌어 줄 수 있다고 단순히 생각하는 일부 사람은 우수한 인력과 첨단 기술로 약소국가를 점령해 자신을 지지하는 세력으로 흡수하거나 유도함으로써 한정된 지역 발전을 추구하는 것이다. 반면에 모든 사람에게 내면의 발전에 침해를 주지 않고 정신적으로 안정적이고 평화롭게 살아가는 방법을 선택하는 사람은 물질적 발전이 정신적 발전을 앞서 나가지 않도록 노력한다. 이들은 전쟁·약탈 등으로 물질적 발전 방법을 찾는 것보다 각 지역에 맞는 주변 환경 변화로 국민 내면의 삶을 도와주고 지원해 주는 방법을 찾는 것이다. 주변을 파괴하고 정복해 영역을 넓혀 나가는 이기심과 소유욕보다 자연이 주는 혜택을 골고루 나눠 사용하겠다는 목표를 갖고 살아가는 것이다.

사회를 발전시켜 나가는 방법에는 크게 두 가지가 있다. 먼저, 과학 기술 발전 성장을 무한정 촉진시켜 대량 생산 체제를 유지하는 것이고, 또 하나는 지역 특성에 맞는 기술 발전으로 인간의 머리와 사지를 잘 이용하는 생산 체제를 구축하여 자연과 조화로운 삶을 유지하는 것이다. 첫 번째는 네덜란드 정치인 만스호트가 주장한 '더 많이, 더 빨리, 더 멀리, 더 풍족하게' 살아가는 방법으로 첨단 기술을 더욱 발전시켜 대량 생산 체제로 경제 성장을 촉진시켜 노동 시간을 줄이고, 여가 시간을 늘려야 한다는 것이다. 만약 이 과정에서 환경 문제가 발생한다면 엄격한 오염방지법을 제정하여 오염 방지 비용을 마련하고, 천연 자연 자원이 부족하면 합성 기술 개발로, 화석 연료가 줄어들면 미래의 원자로인 고속중성자중식로와 핵융합 기술을 이용한 인공 태양 등을 만들어 내는 과학 기술로 해결해 나가야 한다고 주장한다. 두 번째는 인도 지도자 간디가 주장한 것으로, 최첨단 기술에 의한 대량 생산 체제가 아닌 수많은 대중의 손과 머리를 이용해 많은 가난한 사람을 구제해야 한다는 것이다. 대량 생산 체제가 저개발국가에 부적합한 이유는 첨단 기기 설치 비용과 고급 인적 자원이 절대 부족하고, 첨단 기기는 인성을 망치는 폭력성이 있으며, 자연 생태계를 파괴하고, 자연 자원을 낭비함과 동시에 누구나 가지고 있는 현명한 머리와 숙련된 손놀림을 활용하지 못하기 때문에 저개발국가에는 부적합하다는 것이다.

인간은 어느 곳이든 다양한 낯선 사람을 만나고, 헤아릴 수 없는 자연 물질, 인공 물질, 물체 등과 인연을 맺고, 각 지역 특색에 맞는 정치 사회 발전 방안을 구축해 가면서 현재보다 훨씬 나은 주변 여건을 만들어 가도록 노력하면서 진보·발전해 나가는 것이다.

2. 보람찬 삶의 가치와 의미를 찾아가는 일

일상적 만남 속에서
삶의 존재 가치를 찾자

우리는 만인에게 평등하게 열려 있는 광활한 우주에 존재하는 자연물 속에서 빛나는 알차고 보람찬 삶의 존재 가치와 의미를 찾아야 한다. 삶의 존재 가치와 정체성을 찾아내는 것은 단순하고 간단한 것인데도 불구하고 정말 어렵고 힘든 일이라 미리 짐작해 포기하거나 타인에게 짓눌려 자신의 의지를 주도적으로 펼치지 못하기 때문에 찾지 못한다. 인간의 본성과 특성은 누구에게나 독립적으로 자연스럽게 존재하는 것으로 눈에 잘 보이지도 않지만, 마음만 먹으면 어디서든지 평상시 일어나는 대인 관계에서 쉽게 찾을 수 있다. 일상 속에서 매일 만나는 사람과 서로 소통하는 행위, 서로 위로하거나 기쁨·사랑을 주고받는 행위, 가족·조직·사회 공동체 일원으로 재능을 발휘하고 있는 일, 병원에 중병으로 누워 있으면서 관련자의 도움을 받으며 새 생명을 구하는 데 공헌하는 일, 자신이 좋아하거나 잘하는 일에 매진하는 것 등 무엇이든 크고 작은 일 한 가지 이상 사회 공동체에 나름대로 행하는 역할 그 자체에 존재 가치가 있고, 살아가는 의미가 있는 것이다. 우리의 역할은 잘났든 못났든, 적든 크든 어디선가 무엇이든 반드시 행하고 있으므로 서로 인격을 존중받으며 존엄한 인간의 존재 가치를 보장받을 자격이 있다. 하지만 현실은 강자가 약자를, 권력자가 국민을, 정상인이 장애인을, 내국인이 외국인을 알게 모르게 자신이 잘났고 유리한 입장에 있다는 생각으로 인격적으로 차별하고 무시하여 인간이 누려야 할 기본적 자

탄생은 불가사의한 인연의 연속

유와 권리를 침해하는 경우가 사회 곳곳에서 일어나고 있는 것이 사실이다. 자기 이익만 생각하는 사람은 타인의 인간 존엄성보다 강제 노동, 억압과 탄압, 전쟁 등을 통해 신체적·정신적·물리적 위협이나 압박을 가하며 반인륜적인 야만 행위를 가함으로써 사회적·국가적·국제적 비난을 받는다. 이런 행위를 방지하기 위해 대한민국 헌법 제10조에서는 모든 국민은 인간으로서의 존엄과 가치를 가지며, 행복을 추구할 권리를 가진다고 천명하고 있다.

보람찬 삶의 존재 가치를 찾아가는 좋은 방법은 자신이 원하는 일을 스스로 판단해 선택 결정하는 것으로서 타인에게 미루지 않는 것이다. 이것을 능동적이고 낙천적으로 실천하지 못하고 수동적이면서 비관적으로 행동하는 사람이 의외로 많이 있다는 사실이다. 수동적이고 비관적인 사람은 확실한 주관·용기·자신감이 부족해 부모, 형제, 친인척, 친구, 주변 인물이 이끄는 대로 끌려다녀 항상 몸과 마음이 바쁘다. 이들은 자신이 결정해야 할 작은 일부터 큰일까지 타인에게 의지하는 경향이 있어 귀중한 자신의 존재 가치를 놓치는 경우가 있다. 사사건건 부모·형제 등의 도움을 요청하는 일, 공부할 것인지 놀 것인지 스스로 결정 못 하는 일, 평생 의식주를 해결해야 하는 전공 선택을 부모 또는 선생님에게 의존하는 일, 결혼할 것인지 독신으로 살 것인지 결정 못 하는 일, 집을 구입할 것인지 전세로 살 것인지를 부모·배우자에게 미루는 일 등 자신에게 주어진 가장 중요한 선택 권한을 포기하거나 타인에게 의지하는 경우가 너무 많은 것이다. 반면에 능동적이고 낙천적인 사람은 삶에 대한 확실한 주관을 갖고 행동할 수 있는 용기와 자신감으로 충만 되어 있다. 이들은 어떤 힘들고 고통스러운 여건일지라도 자신이 선택해야 할 자유와 권리를 남에게 결코 맡기지 않고 모든 일을 스스로 처리한다. 일상 속의 주요 결정 사항은 유익한 관계로 맺어진 주변 사람의 다양한 의견을 적극 수렴하고, 최종 선택 결정은 자신이 결정하고, 그 결과에 대해서는 책임지겠다는 정신적 훈련을 평상시 반복 또 반복해 나간다. 이들은 주변에 일어나는 대소사 문제를 선택·결정·추진함에 있어 실수와 실패에 대한 두려움보다 이를 성공의 밑거름으로 활용하겠다는 도전 정신으로 현실을 현명하게 대처하며 실천해 나가는 사람이기에 자신의 존재 가치와 정체성을 누구보다 잘 지켜 나가는 것이다.

자신만의 규율을
올바르게 설정해야 한다

인생은 결코 부모, 형제, 친구, 지인 등이 나를 대신해 결코 살아주지 않는다. 그러므로 우리는 살아가는 동안 일어나는 크고 작은 일 어떤 것일지라도 인내심을 갖고 근면 성실한 자세로 스스로 헤쳐 나가야 하는 고귀한 과제라는 것을 빨리 깨달아야 한다. 우리가 해야 할 일은 학생, 종업원, 기관장, 정치인, 행정인, 법률인, 학자, 연예인, 체육인 등 위치에 따라 서로 다르게 설정되어 있으므로 다른 사람의 과제에 주제넘게 너무 깊이 간섭하는 것보다 자신의 과제에 더욱더 집중해 실천해 나가도록 노력해야 한다. 인간은 삶의 방향과 목표를 설정해 놓고 실천해 나가는 가운데 발생하는 문제점을 분석·판단하여 수정 보완해 나가는 진보성을 가지고 있다. 자신이 설정한 꿈과 목표는 인내와 끈기를 갖고 근면 성실한 자세로 부지런히 노력하며 전진 또 전진해야 조기에 성취할 수 있다. 삶의 질·성취감은 목표에 대한 확고한 의지가 있느냐, 없느냐에 따라 세월이 흐를수록 점점 차이가 많이 벌어진다. 아름답고 신비로운 삶은 자신의 의지에 따라 스스로 선택·결정하고, 주변 여건을 자주 돌아보며 개선하고, 극복하면서 정성껏 열심히 살아야 존재성과 정체성을 뼛속까지 느낄 수 있다. 자신만의 규율은 타고난 본성과 재능을 기반으로 명확히 설정해 놓고, 자신에게는 엄격하게 적용하고, 타인에게는 너그러운 마음으로 이해하고 용서하는 자세로 적용하면서 생활하는 것이 바람직하다. 왜냐하면 각 개인이 엄중히 설정한 기준·규율은 주변

탄생은 불가사의한 인연의 연속

여건에 따라 서로 다를 수 있고, 자신이 설정한 것이 모두 올바르고 정답이라 주장할 수 없기 때문이다.

　인간은 다른 동물이나 곤충과는 달리 자기 본능에 노예가 되어 약육강식과 같은 투쟁·전쟁만을 일삼지 않고 주변 환경에 맞게 의식주를 평화롭게 개선해 나가는 과정을 반복해 왔다. 동물적 본능을 유지하면서 한편으로는 손·발을 자유롭게 사용하여 서서 걷고, 생각하면서 도구와 불을 발견하고, 언어를 활용하여 동물과 차원이 다른 자유·이성·지성을 점진적으로 깊고 넓게 개선시켜 온 것이다. 초기 원시인은 동물적·지능적·감성적 기능과 행동을 발달시키면서 가족과 영토를 지키기 위해 촉박한 땅에서 살기 좋은 대륙으로 이동을 계속했고, 자연적으로 발생하는 천재지변의 대기 변화에 잘 적응하고, 수많은 위험과 갑작스러운 상황 변경에 신속히 대처하며 이겨 내는 슬기로운 지식·지혜를 하나둘씩 배우고 실천하며 살아온 것이다. 이런 지혜, 지성, 이성은 인간에게 주어진 큰 혜택이므로 앞으로도 큰 변혁이 없는 한 멈추지 않고 더 큰 자유와 미래를 위해 후손을 유지시키며 계속 개선·발달시켜 나갈 것이다. 원시인은 육체 보존을 위한 투쟁과 경쟁을 통해 살아남기 위해 온 힘을 집중시켰다. 현대인은 단순한 생사 여부를 뛰어넘는 정신적·심리적·도덕적 측면으로 많은 시험과 검증 과정을 거치면서 더 나은 희망찬 내일을 만들어 나가기 위해 서로 경쟁하고 투쟁하며 전력 질주 하고 있는 것이다. 현대인은 어떤 행동을 옮기기 전에 자신이 설정한 규율 속에 너무 과한 욕구와 충동을 다스리고 자제하려고 노력한다. 그렇지만 개, 돼지, 원숭이 등 포유류가 보유한 유사 기능 96% 정도를 아직 가지고 있어 동물적 습성이 남아 있다는 사실이다. 그러나 인간이 동물보다 나은 것은 합리적이고 이성적으로 주변 상황을 판단하는 사고 능력이 뛰어나 미래지향적으로 계획을 세우고, 주변 여건에 맞도록 기준을 변경하며 행동할 수 있는 지혜를 가지고 있다는 것이다. 선한 사람은 남을 도와주고, 용서하고, 포용하며 살아갈 뿐만 아니라 길거리에 버려진 동물을 집에 가져와 먹이와 물을 주고, 황폐한 사막에 식물과 나무를 심어 동식물이 잘 자랄 수 있는 여건을 조성하는 등 공생·공존하는 따뜻한 마음, 감정, 사랑을 갖고 자연 보호에 앞장선다. 또한 자유와 평화를 기반으로 더 살기 좋은 사회·국가·세계를 건설하기 위해 온 힘을 쏟는다. 악한 사람은 무차별적 학살·납치·테러·폭력 등으로 사람을 수시로 괴롭히거나 공포에 떨게 만들고, 동물을 잔인하게 살육하거나 닭장 같은 열악한 장소에 가둬 사육하고, 울창한 숲과 나무를 대책 없이 베어 내 목축장, 커피 농장 등으로 만들어 자연 녹지를 파괴시킴으로써 지구 온난화를 촉진시켜 많은 지역이 불모지 사막으로 변하게 만든다. 또한 이들은 아직도 남아 있는 동물적 습성, 유전성 때문에 세계 곳곳에서 지역 분쟁, 영토 침략, 무기 개발 등에 혈안 되어 있고, 동물과 같이 아무 생각 없이 본능적으로 자신만 잘 살기 위해 즉흥적이고 무감각적으로 반응한다. 자신의 욕구에 충족되면 무슨 일이든 마구잡이로 행하기도 한다. 한편으로는 어렵고 힘든 주변 환경을 개선해 권력에서 소외된 사람을 도와주기 위해 노력한다는 논리를 전개한다. 그러면서 대부분 시간을 지엽적이고 이기적 방향으로 정책을 추진함으로써 주변 이웃, 국가 등으로부터 비난받는 것이다. 선악의 기준은 시대, 주변 여건 등 많은 요소를 복합적으로 적용해 결정되는 것이다. 선악을 구별하는 올바른 규율은 될 수 있는 한 지속 가능한 인류 발전, 세계 평화, 자연 보존을 유지시키는 방향으로 선택하고, 또한 갈등과 문제가 최소화하는 측면으로 선정될 수 있도록 개개인 모두 최대한 노력해야 한다.

고귀한 인간의 존엄성과
정체성을 지킨다

세상은 인간이 예측하지 못하는 다양한 경우 수에 따라 변해 왔고, 앞으로도 끊임없이 변해 갈 것이다. 근래에는 온실가스 농도 증가와 산림 훼손 등으로 지구 온난화 현상이 가열되어 기후 변화가 빨리 일어나 남극 지역 펭귄 서식지, 빙하 지역이 점차 줄어들고, 세계 곳곳에서 폭풍·지진·홍수 피해 등이 자주 일어나고 있으며, 2019년 시작한 코로나19 전염병으로 전 세계가 약 2년간 각 국가의 국경이 막혀 여행이나 왕래가 자유롭지 못해 경제 및 인적 교류 등이 막대한 피해를 입고 많은 생명을 앗아 가기도 했다. 앞으로 어떤 천재지변·자연 변화가 일어나 인간을 괴롭힐지 현대 최첨단 과학 기술로도 미리 예측할 수 없다. 인간의 존재 가치는 지구상에 일어나는 모든 문제와 갈등을 해소하고 극복해 나가기 위한 방법을 찾아가는 과정에 있는 것이다. 모든 인간은 고귀하고 존엄한 존재 가치·정체성을 가지고 있음을 서로 인정하면서 살아가는 것이다. 직위의 높고 낮음, 재산이 많고 적음, 몸과 마음의 정상 비정상, 외적 신체적 강약 등 타인과 비교해 조금 모자라고 다르다고 우울증에 빠지거나 소심하게 행동해서는 안 된다. 우리는 소중한 생명이 다할 때까지 모든 자연물과 공생·공존하는 평화로운 세상이 형성해 나갈 수 있도록 책임과 의무를 다해야 한다.

　　위대한 성인(聖人)은 지적 이성과 높은 도덕성을 갖추거나 종교적 양심·신앙심이 두터워 많은 사람으로부터 존중받는 사람을 말한다. 이들은 도덕적·정신적으로 자신의 가슴속에서 찾아낸 고귀한 인간의 존엄성·존재 가치를 중시하며 올바르고 참다운 삶을 이끌어 가는 사람이다. 또한 좀 더 나은 평온하고 평화로운 세상으로 인도하기 위해 평범한 보통 사람이 생각하는 일반 상식을 뛰어넘는 새로운 창의력을 최대한 발휘한다. 세계 몇 안 되는 이들의 희생과 봉사가 밤낮으로 행해졌기 때문에 인류가 지속적으로 진보·발전해 온 것이다. 보통 사람 역시 자신이 태어난 위치나 수준에 따라 주어진 역할을 최선을 다하며 옛 선조보다 더 나은 문화·문명으로 개선 발전시켜 나갈 수 있는 관습·전통을 만드는 데 많은 열정과 에너지를 쏟아붓고 살아온 것이다. 만약 후손이 선조가 이미 일궈 낸 성과물을 기반으로 더 살기 좋은 생활 여건을 만들어 가기 위해 노력하고 있다면 알차고 보람찬 삶을 잘 찾아가고 있는 것이다. 모든 인간이 현실에 안주하여 쾌락에만 빠지고 다툼과 투쟁 등을 일삼는다면 어떤 생물체가 이 세상에 갑자기 나타나 인간을 언제 어떻게 멸망시킬지 모르는 것이다. 포유류가 수억 년 동안 진화하면서 점진적으로 파충류인 공룡을 절멸시켰듯이 말이다.

대우주 속의 존재하는 만물은 그 자체로 아름답고, 각각의 존재 가치가 있다. 인간은 동식물과는 달리 매일 눈뜨는 순간 새로운 삶을 시작하면서 무엇인가 생각하고 미래지향적으로 움직인다는 그 자체에 크나큰 존재감이 있는 것이다. 우리가 자부심을 갖고 살아가는 이유는 지금 무엇을 하든 어느 누구와 똑같은 생각과 행동을 갖고 생활하는 것이 아니라 또 다른 색다른 생각과 행동을 가지고 생활하고 있기 때문이다. 하루 일상이 아주 평범하게 다람쥐 쳇바퀴 돌듯 되풀이되는 것 같지만, 결코 그렇지 않다. 모든 것은 고정된 것이 없고, 수시로 변하면서 어제와 또 다른 오늘을 새롭게 맞이하고 있기 때문이다. 한편으로는 우리가 현재 진행하고 있는 일이나 보유하고 있는 재원·건강 등을 영원히 유지시키기 위해 백방으로 노력하지만, 주변 환경은 절대로 고정되어 있지 않아 앞으로 무슨 일이 발생해 어떻게 변할지 아무도 모른다는 것이다. 인류의 가장 큰 재앙 중 하나인 천연두는 1980년 세계보건기구(WHO)가 종신 선언하기 전까지 걸렸다 하면 귀천을 가리지 않고 죽는 경우가 많아 '마마'라고 알려진 무서운 전염병이다. 이병으로 인해 로마 황제, 영국 여왕, 프랑스 왕, 숙종 부인 등 많은 통치자와 귀족 등을 포함해 누적 사망자가 10억 명이나 된다. 특히 쌀밥 고깃국을 자주 먹는 왕족·귀족은 면역력이 약해 거의 죽는 일이 많았으나, 보리밥에 시래기국을 자주 먹는 일반 서민은 혈관 건강, 항암 효과, 면역력 강화, 피로 해소 등 보리의 특유한 성질 때문에 죽음을 잘 비켜 나갔다. 이처럼 세상일은 하루 앞을 예측할 수 없고, 자연 현상은 빈부귀천과 관계없이 똑같이 적용되어 죽는 순서도 뒤바뀌는 것이다. 그렇기 때문에 인간은 매일 변하는 자연 환경에 수시로 적합하게 적응해 나갈 수 있도록 철저히 사전 준비 하며 살아갈 수밖에 없는 것이다. 삶의 의미는 주변에서 일어나는 모든 일로부터 자유롭고 편안하게 생각하고 신중하게 행동할 수 있도록 무엇이든 배우며 깨우치도록 노력하는 데 있다. 인간관계를 포함해 해, 달, 구름, 비, 강, 바다, 나무, 숲, 동물, 식물 등 모든 자연 물질과 연결되어 일어나는 변화가 유익한 관계로 지속되도록 마음을 활짝 열어 항상 받아들일 준비를 하고, 자연변화를 유심히 관찰하면서 지금 이 순간 마음껏 즐길 수 있어야 한다. 이것이 아름답고 새로운 오늘을 맑고 신선한 마음으로 맞이하며, 어제보다 더 나은 생활을 즐기며 진솔하게 살아가는 방법 이다.

탄생은 불가사의한 인연의 연속

알차고 보람찬 삶의
존재 가치는 무엇인가

인생은 일직선상 위에 있는 것이 아니라 수많은 점으로 연결된 미세한 순간으로 이어진다. 우리는 직업, 직장, 가정, 건강, 재원 등 풍부하고 유리한 좋은 여건을 계속 유지하며 오래 살기를 원한다. 그러나 이 모든 것을 만족시키며 영원히 살 수 있는 사람은 없다. 어느 것이든 자신이 원하는 두세 개 정도의 과제에서 특별나게 만족시키며 성공할 수 있지만, 모든 과제에서 성공할 수 없는 것이다. 머리가 좋으면 육체가 부실하고, 육체는 건강하지만 정신적 문제가 생겨 모든 분야의 최고가 될 수 없다. 간혹 우수한 머리와 건강한 육체, 풍부한 재물을 가지고 있어도 모든 분야에 통달한 사람은 이 지구상에 결코 존재하지 않는다. 우리는 태어나면서부터 예측할 수 없는 여행길을 떠나지만 자신의 노력 여부에 따라 목표지점의 높낮이가 다양하게 나타난다. 그러므로 살아가는 동안 갑자기 천재지변·전쟁 등 불의의 사고가 일어날 때 "왜 내게만 이런 일이 일어날까?" 하고 이미 일어난 일을 따지지 말고, 지금 이 상황에서 "내가 지금 무엇을 해야 할까?"를 생각하며 현실을 직시하고 앞을 내다보는 슬기로운 지혜를 갖춰 나가는 것이다. 그래야 현재 내가 살아 있음에 감사하며 보람찬 존재 가치와 의미를 마음속 깊이 느낄 수 있다. 경우에 따라서 우리가 성심성의껏 계획한 목적지가 아닌 다른 곳에 머물지라도 내 힘으로 이런 위기를 슬기롭게 극복하고 자유롭게 여행하며 현재까지 잘 살아온 것에 만족해야 행복을 느낄 수 있다. 우리는

탄생은 불가사의한 인연의 연속

가족, 조직, 국가 등 사회 공동체에 공헌한 결과물의 높낮이에 관계 없이 그것에 만족하고, 자신의 존재감·자부심을 갖고, 현재 숨 쉬고 있음에 감사하며 살아가는 것이다. 네가 잘났니, 내가 잘났니 싸우지 말고 서로 돕고 보완하면서 자기 스스로 올바른 길을 평생 깊이 생각하고 궁리하며 찾아야 한다. 이 과정에서 타인을 올바른 길로 가도록 도와주거나 설득하기 전에 자신부터 말과 행동이 일치되도록 노력하고, 주변 사람으로부터 인정받을 수 있는 고귀한 지성과 이성을 차곡차곡 쌓아 가는 것이다. 어떤 사람을 아무리 열심히 도와줘도 그들 모두 잘되는 것은 결코 아니다. 타인의 도움을 잘 활용하여 끊임없이 자신의 길을 스스로 수정·보완하면서 생활 양식을 꾸준히 개선해 나가는 사람만이 진보·발전할 수 있기 때문이다. 인간의 최종 정상 목표는 똑같다. 전 인류가 편안하고 안전하고 자유롭게 생활할 수 있는 평온하고 평화로운 환경 속에 행복을 느낄 수 있는 지구를 만드는 것이다. 정상에 이르는 길은 결코 지름길이 없으므로 많은 사람, 모든 만물과 인연을 좋게 만들어 가는 과정에 일어나는 수많은 일을 서로 돕고 협조하면서 잘 이겨 내야 가능한 것이다.

우리가 진정 원하는 자유롭고 행복하고 보람찬 생활이란 어떤 것일까? 공부를 열심히 해서 알고 있는 지식이 남보다 많아 유식하다

는 칭찬 듣는 것, 자금을 잘 투자해 호화로운 주택에서 남부럽지 않
게 생활하는 것, 특출한 재능을 활용해 만들어 낸 유명한 작품이
많은 것, 높은 직위로 승진하는 것 등 타인과 비교해 좀 더 앞서 나
감으로써 상대적 행복감을 느끼는 것이 있다. 이것 이외에도 자신이
태어난 국가·장소에서 필요한 의식주를 자체적으로 해결하며 부모
세대보다 더 살기 좋은 환경 속에 생활하는 것, 어느 위치에 있든지
현실에 만족하며 기쁨·행복을 누리는 것, 빈곤한 생활 속에서도 적
은 돈을 아껴 쓰며 자신보다 어려운 곤경에 빠진 사람을 위해 기
부·헌납하며 기쁨을 누리는 소소한 것들도 삶의 존재 가치를 찾아
가는 과정에 많은 행복감을 가져다준다. 이 중에서도 스스로 선택
결정해 행한 일은 더욱더 자주적인 행복감과 만족감을 느낄 것이
다. 무엇이든 자신이 처한 입장에서 타인에게 불편과 부담을 주지
않고 여유로운 의식주 생활을 하며 정신적·심리적·물질적 만족을
느끼는 것이 자유롭고 즐거운 행복한 삶인 것이다. 행복을 추구하
는 방법이 개인별 상당히 다르겠지만 타인을 의식하지 않고 현재 생
활에 만족하면서 즐겁고, 여유롭고, 편안한 자세를 취하는 것이 최
상의 행복일 것이다. 옛 선인은 높은 직위, 많은 재화, 풍족한 의식
주를 제공하며 어떤 높은 직책을 맡아 공무를 수행해 줄 것을 부탁
해도 이를 거절하고 깊은 골짜기 산속에서 은거하며 자연과 함께 살
아가는 길을 선택해 자유로움·즐거움·행복감을 누리며 만족하는

경우도 있었다. 현대인은 인터넷, 교통 수단, 인공위성이 발전됨에 따라 고층 아파트, 빌라, 단독 주택, 전원주택, 시골 마을, 깊은 산 오두막 등 어디에 살든 숨어 살기가 매우 어렵다. 따라서 우리는 장소와 관계없이 편안한 마음으로 자유롭게 활동할 수 있다면 자연인과 같이 은둔 생활을 하는 것과 같다. 알차고 보람찬 삶의 존재 가치와 의미는 장소·때를 가리지 않고 자신의 장점을 살리고 단점을 보완하며 살아가는 것이고, 현재 살아 숨 쉬고 있기에 우주 속에, 모든 만물에, 공동체에 어떤 인과 관계를 맺고 나와 타인을 위해 유익한 무엇인가 행하고 있음에 만족하는 것이다. 또한 스스로 설정한 아름다운 꿈과 희망을 하나둘씩 성취해 나가는 가운데 주변 사람의 이목에 너무 과민 반응 하지 않고 끝까지 내 뜻대로 정성껏 올바른 방향으로 추진해 나가는 것이다. 그러면 우리는 자유·평등·존엄성을 꿋꿋이 지키며 즐겁고 행복한 삶의 길을 잘 찾아갈 수 있는 것이다.

3. 인연으로 시작하는
배움의 길

유익한 인연을 유지하는
슬기로운 지혜

인연은 태어나면서 맺어지는 인간, 인공 물질, 자연 물질과의 수많은 관계가 상호 연결 되어 평생 배워 나가야 하는 운명과 같은 것이므로 삶에서 떼려야 뗄 수 없는 아주 귀하고 소중한 것이다. 이 중에서도 우리가 한평생 만나 인연을 맺을 수 있는 사람은 전 세계 인구 81억 9천만 명(2024) 중 일부분으로 한정되어 있다. 보통 사람이 유아기에서 고등학교를 졸업하기 전까지 만날 수 있는 인원수는 1만 명, 직장에 들어가 결혼하기 전까지 2만 명을 만난다고 가정한다면 합쳐서 대략 3만 명을 만날 수 있다. 전문 직업, 직장을 갖고 바쁘게 움직이는 중장년 시기에는 사회적 위치, 직위, 대인 관계 형성 정도에 따라 인원수는 상당한 차이가 발생할 수 있으므로 가늠하기 어렵다. 평생 특별한 사람을 제외하고는 제일 먼저 부모와 인연을 맺기 시작하여 형제, 남매, 친인척, 친구, 조직원, 이웃, 전문가, 민원인, 외국인 등 모두 포함하여 손 한번 잡고 눈을 마주 바라보며 1시간 이상 대화를 나눈 인원수를 모두 헤아려 봤을 때, 백만 명 이상 많은 인원을 만나는 사람은 소수에 불과한 것이다. 그동안 만났던 사람과 현재까지 유지하고 있는 관계를 헤아려 보면 그리 많지 않음을 알 수 있다. 대부분 사람이 삶의 경쟁자이기 때문에 오랫동안 인연을 계속 유지하는 경우도 아주 드물다. 지금도 따뜻한 사랑과 우정을 나누면서 한 달에 한 번 이상 식사하거나 일상 소식을 편하게 주고받는 관계를 계속 유지하고 있는 사람이 많이 남아 있다면 정말

탄생은 불가사의한 인연의 연속

행복한 삶을 잘 살아가고 있는 것이다. 청소년 시절에는 학업에 집중하느라 많은 사람을 만나지 못하지만, 중장년층이 되면 사업, 친목, 취미 등 공적·사적으로 인적 관계 폭이 넓어져 만나는 사람이 많아진다. 이들 중 어떤 사람은 좋은 관계를 잘 유지하다가 사업, 정치, 종교, 사상 등이 맞지 않아 헤어지거나 배신당하면서 만남이 줄어들고, 이로 인해 고통과 실망감이 생겨 스트레스가 증가하기도 한다. 평생 만난 사람은 국내외 통틀어 수십억 명 중 일부 선택된 특별한 사람이므로 소홀히 취급되지 않도록 잘 관리해 나가는 방법을 찾는 데 많은 시간과 공을 들여야 한다. 지금 이들과의 관계가 멀어졌든 친분을 유지하고 있든 그들의 장점은 받아들이고, 단점은 냉정하게 버릴 수 있는 슬기로운 지혜를 지속적으로 배워 나가는 것이다. 우리는 가능한 무관심 속에 많은 사람을 대충대충 만남으로써 고민이 생기고, 귀한 시간을 낭비했다는 생각이 드는 것보다 인원수가 적더라도 서로 인생에 활력소를 제공하여 힐링하고 사랑을 주고받는 사람이 주변에 항상 존재하도록 만드는 것이 훨씬 낫다. 느낌 없는 책을 건성건성 읽거나 깨달음 없이 교회나 절에 가서 기도하고 절하는 것같이 마음속 깊이 남지 않는 친구나 이웃을 자주 만나 의미 없이 잡담하는 행위는 귀중한 시간을 허비하는 것이다. 이것은 삶에 도움은커녕 한정된 삶을 쓸데없는 것에 낭비하는 꼴이 되므로 최대한 줄여야 한다. 즉, 사람을 만나는 인원수나 횟수가 많은 것이 중요한 것이 아니라 인원수와 횟수가 적더라도 소외감과 우울증을 느끼지 않을 정도로 유익한 만남이 계속 유지되도록 관리하는 것이 더 중요한 것이다. 적은 인원이지만, 한평생 엄격히 선정해서 따뜻한 마음, 감정, 사랑을 편하게 주고받는 진정한 우정으로 연결되는 인연을 오랫동안 유지하며 현재까지 남아 있게 만들어 놓았다면 정말 감사하고 고마운 마음으로 귀하고 소중하게 생각하며 계속 유지·발전시켜 나가도록 노력하는 것이 바람직하다.

어린 시절 인간관계는
어떻게 배울까

인간관계는 세상에 나오기 전 엄마 뱃속 태아 때부터 형성된다. 태아의 유대 관계는 엄마가 생각하는 감정에 따라 민감하게 반응하는 현상을 초음파 검사로 확인할 수 있다. 엄마의 생리 현상과 심리 상태를 같이 느끼고, 아빠의 따뜻하고 사랑스러운 행위 등 외적 자극을 기억하고, 그 자극은 뇌에 전달되어 성장 과정 속에 흔적으로 남는다. 머리, 눈, 귀, 코가 형성되기 시작하는 시점에서는 기쁨, 분노, 노여움 등 외부 소리를 듣고 느낄 수 있도록 어른 뇌의 80% 정도까지 발달한다는 것이다. 엄마 배를 발로 차면서 감정을 표현하고, 귀로는 부모의 목소리, 새소리, 곤충 소리, 음악 등을 듣고 감상하며 바깥세상과 교류한다. 눈으로는 빛의 밝기와 소리의 강약을 구별하고, 혼자 웃는 표정 등을 연습하는 현상이 현대 의학 기술에 의해 밝혀졌다. 얼마나 인간 탄생 과정이 역동적이고 신비롭고 오묘한 현상인가? 세상 밖으로 나온 아기는 부모와 가족에게 배고픔과 불편함을 울음으로 전달하며 외부인과 소통하기 시작한다. 수개월이 지나면 신체와 두뇌가 빠르게 성장하여 혼자 일어서고, 모국어 한두 단어를 말한다. 인지 능력과 언어 습득 능력이 빠른 속도로 발달되어 밥 먹고, 대소변을 가리고, 옷 입는 방법을 배우고, 글을 읽고 쓰면서 타인에게 의사를 전달하기도 한다. 유아기(1~6세)에는 부모, 형제남매, 친인척, 주변 이웃, 낯선 사람 등 타인을 먼저 생각하기보다 자신을 우선 생각하며 자기중심적으로 행동하는 경우가 많이 나타

탄생은 불가사의한 인연의 연속

난다. 이것은 타인의 입장에서 바라보는 관점을 아직 이해하기 어렵고, 지적 능력이 성장하지 못했기 때문에 생기는 일반적인 현상이므로 심하게 나무라거나 큰 소리로 야단을 치지 않도록 절대 조심하는 것이 좋다. 이 시기는 사회적 소통 기술이나 감정을 억압하고 상호 존중하며 협력하는 기초적 의사 표시 방법을 배워 나가는 중요한 때이므로 따뜻한 손길로 잘못한 일을 반복하지 않도록 보듬어 줘야 한다. 타인과 사회적 유대 관계를 맺어 가는 방법은 가정이나 유치원에서 같은 또래 아이와 함께 공놀이, 게임, 블럭 쌓기, 쇼핑 놀이, 종이접기, 그림 그리기, 장난감 만들기, 술래잡기, 끝말잇기, 수수께끼, 낱말 맞히기 등을 통해 타인과의 공감대를 형성하고 서로 도와주는 것을 경험하며 배워 가는 것이다. 이때는 타인과 어떻게든 소통하기 위해 나름대로 열심히 노력하지만, 아직 말과 행동이 의도대로 움직일 만큼 인지 능력이 발달되지 않았기 때문에 주변 도움이 절대적으로 필요하다.

지하 자원이 풍부하지 않은 우리나라는 세계 국경이 없어진 무한 생존경쟁시대에 국민의 지적 능력이 우수해야 살아남을 수 있다. 그렇기 때문에 부모는 유아기 때부터 타고난 재능과 소질을 발굴해 내기 위해 애간장을 태운다. 유치원 입학 경쟁부터 교육 열기가 뜨겁게 불타오르기 시작하여 초등학생 시절까지 영재학원, 수학학원, 영어학원, 피아노, 줄넘기, 태권도, 그림 그리기, 수영 학습 등 다양한 분야에 많이 투자한다. 초등학생이 되면 성격과 기질은 주변 사람 영향을 받으며 조금씩 고착되어 가고, 많은 이웃과 복잡하게 연결된 과제 중 자신이 스스로 해야 할 일과 타인을 도와주고 지원해 주는 일을 구분하는 방법도 조금씩 배우고 습득한다. 여러 사람이 공동 사용하는 물건은 아끼며 조심스럽게 사용하고, 낯선 친구와 친밀한 관계를 유지하면서 서로 사랑하고 도와주고 도움받는 방법을 배워 나가는 것이다. 이때부터 자신이 하고 싶은 일은 때와 장소 등을 가리지 않고 주변 사람을 무시하고 마음대로 해도 된다는 사고방식이 습관화될 수 있으므로 이런 행동이 반복되지 않도록 잘 지도해 주어야 한다. 타인을 불편하게 하거나 감정 상하게 만들게 되면 주변 사람으로부터 따가운 눈총을 받는다는 것을 인지시켜 주는 것도 중요하다. 식당, 길거리, 공원, 버스, 박물관 등 사람이 많이 모이는 공공장소에서 어른이 타인을 존중하고 배려하는 행위를 먼저 솔선수범하여 아이가 이를 보고 배워 사회 공동체 일원으로서 책임감과 공동체 의식을 자연스럽게 갖춰 나가도록 유도한다. 부모가 거친 말과 악한 행동 등을 행하지 않도록 조심해야 하는 이유는 아이가 평상시 안 보고 안 듣는 것 같지만 곁눈으로 주변 사람의 행동을 살펴보고, 귀를 항상 기울이며 배우고 있기 때문이다. 어린아이는 보고 들은 내용을 기초로 사회적·정서적·정신적 안정감 찾는 방법을 배

탄생은 불가사의한 인연의 연속

우고, 자아를 조금씩 형성시켜 나간다. 또한 이와 유사한 환경이 생기면 대부분 어른이 행했던 말과 행동을 그대로 따라 하는 경향이 있다. 어른을 존경하고 약자를 배려하는 행동을 보고 배우며 자란 아이는 정신적·육체적으로 미숙한 사람을 우선 배려하는 마음 자세가 형성되어 장차 인격적으로 완성된 훌륭한 인물로 성장 발전해 나갈 가능성이 훨씬 높아진다. 이런 가르침과 현장 경험으로 배운 어린이가 건강하고 건전한 인간관계를 형성해 주변 사람과 잘 어울리며 명랑하고 발랄하게 생활하기도 한다. 기초 생활 양식은 부모로부터 제일 먼저 배우겠지만, 고정된 것이 아니라 가정과 학교에서 배우고 습득한 지식을 혼합해 자신의 몸에 맞는 건전한 생활 양식으로 변화시키면서 습관화되고 고착화되어 가는 것이다. 아이가 몸에 습관화되어 가는 속도는 어른보다 매우 빠르다. 아이 머리에 기억하고 있는 내용이 어른이 기억하고 있는 내용보다 상당히 적고, 뇌 성장이 빠르게 진행되어 뇌에 저장할 수 있는 여유 공간이 많이 남아 있으므로 기억을 잘한다. 그러므로 하루 일정표를 작성하여 밥 먹는 시간, 공부하는 시간, 잠자는 시간, 운동하는 시간, 자율 휴식 시간 등으로 구분한 규칙적인 좋은 생활 양식을 습관화시켜 주는 것은 괜찮다. 그렇지만 반찬 투정 하기, 늦잠 자기, 싸우기, 다투기 등 불규칙적이고 계획성 없는 나쁜 행위가 담긴 생활 양식은 몸에 습관화되면 나이를 먹어 갈수록 고치기 어려워져 평생 고생한다. 가정·학교에서는 친인척, 학우 등 단체생활 속에 지켜야 할 일, 고궁 탐방, 박물관, 역사관, 미술관 방문 등을 통해 마주치는 사람과의 대화 방법, 동료를 도와주고 지원·협력하는 방법, 정정당당하게 타인과 경쟁해 승패를 가리는 방법, 약자·장애인을 배려하는 방법, 선한 행동과 악한 행동을 구분하는 방법 등 삶에 필요한 생활 양식을 하나둘 학습하며 배워 나간다. 정규 단체 교육 프로그램인 소풍, 운동회, 수학여행, 체력 단련, 자연 학습 등을 통해서는 조직화된 사회단체 활동을 체계적으로 실시함으로써 여러 학우와 소통하고, 서로 협력하는 방법을 배운다. 태어날 때부터 가지고 있는 선천적 재능·소질 등은 자신의 노력 여부에 따라 발전·쇠퇴가 수시로 반복되므로 가정·학교에서 지혜로운 식견에 대해 많이 쌓을 수 있도록 현장 경험을 자주 마련해 주는 것이 좋다. 초등 5~6학년쯤 되면 건강한 체력과 건전한 마음 자세를 갖추고 있어야 늘어난 교과목뿐만 아니라 건전하고 착한 일, 어렵고 힘든 일, 고통스럽고 짜증스러운 일 등 어떤 일이 생겨도 적극적으로 대응하고 극복해 나갈 수 있는 자신감이 생기기 때문이다. 이 시기에는 주변 환경 변화에 따라 가족을 위해 동생을 돌보고, 밥하고, 빨래하면서 공부해야 하는 경우가 생겨날지 모른다. 전쟁, 자연재해 등으로 인해 어려움을 많이 겪은 아이는 실질적 경험이 많이 축적되어 있어 잘 견뎌 낸다. 평온한 상태에서 성장한 아이는 경험이나 식견을 넓혀 나가기 위해 스스로

탄생은 불가사의한 인연의 연속

노력하지 않으면 잘 견뎌 내기 어렵다. 인간은 주어진 환경에 적응할 수 있는 생존 능력을 누구나 갖춰져 있지만, 건강한 체력과 건전한 마음을 평상시 잘 유지하는 사람이 능력·재능을 최대한 발휘해 원하는 목표를 조기에 성취할 가능성이 훨씬 높아지는 것이다. 이런 아이는 어쩌다가 자신의 꿈과 다른 방향으로 흘러가더라도 이에 개의치 않고 꿋꿋하게 다시 일어나 또 다른 목표를 향해 전진할 수 있는 강력한 도전 정신을 가지게 된다. 만약 허약한 체력과 비틀어진 마음을 가지고 있다면 공부 또는 어떤 일을 하더라도 중간에 조금 힘들면 자신감이 떨어져 끝까지 추진하지 못하고 쉽게 포기하는 경우가 많이 생긴다.

원대하고 아름다운
꿈을 품은 학창 시절

삶에 필요한 지식을 습득하고 아름다운 꿈과 희망을 설계하는 꽃다운 시절은 중·고등학생일 때일 것이다. 이때에는 각자 취향에 맞는 학습 과목을 선택해 열심히 공부하면서 원대하고 이상적인 꿈과 희망을 꿈꾸며 희망찬 내일을 상상해 보는 것이다. 앞으로 대학 진학 또는 사회에 진출해 어떤 전문 분야에 관심을 갖고 한평생을 살아갈 것인지 고민과 번민도 계속한다. 학문에 뜻을 두고 사물을 분별할 수 있는 능력을 향상시킴과 동시에 일상에서 일어나는 일에 대해 깊게 사고하고 배우며 실천해 나가는 방법을 습관화시켜 나가는 시기이다. 친구와 운동장에서 달리기, 농구, 축구, 야구, 배구, 체조 등으로 체력을 튼튼히 단련하고, 취미와 문화생활도 마음껏 즐기며 건강하고 긍정적인 인간관계를 형성해 성숙한 사람으로 빠르게 발달되어 갈 때이다. 또한 다양한 종류의 책을 통해 삶의 방향을 설정하고, 수학여행 등 야외 학습 활동을 통해 자연 생태계와 함께 살아가는 경험을 직접 쌓고 이해하면서 삶의 목표와 방향을 스스로 결정해 나가는 중요한 시기이기도 하다. 인간이 살아가는 방법은 무수히 많지만 한정된 인생을 무엇을 위해 살 것인지, 무슨 직업을 가지고 나와 가족을 이끌어 갈 것인지, 결혼 또는 독신으로 살 것인지, 어떤 취미·문화생활을 통해 삶의 질을 향상시킬 것인지, 죽음을 어떻게 맞이할 것인지 등을 각계각층의 주변 이웃으로부터 배우고, 생각하고, 모방하고, 실천하면서 조금씩 깨우쳐 나가는 것이다. 수천

년 전부터 많은 위대한 위인과 철학자도 삶과 죽음에 대한 고민과 번민을 거듭하다가 대부분 백 세를 넘기지 못하고 삶을 마감하였다. 그럼에도 불구하고 무엇인가를 사랑하기 위해, 원대하고 아름다운 꿈과 희망을 성취하기 위해, 자유를 마음껏 누리기 위해, 행복하고 즐거운 삶을 영위하기 위해, 하느님·부처님 등 종교적 신념을 따르기 위해, 세계 최고의 정치인, 행정인, 문학인, 예술인, 운동선수, 전문인 등이 되기 위해, 현재보다 더 나은 소박한 삶의 질을 향상시키기 위해, 자의든 타의든 주어진 고뇌와 번뇌를 이겨 내기 위해 수많은 사람과 인연을 맺어 가며 살아간다. 인간은 대자연 속에 존재하는 생명체와 함께 공생·공존하기 위해 어떤 희망을 품고, 주어진 일에 최선을 다하며 반복되는 일상을 영위해 나가는 것이다. 만약 어떤 희망, 꿈, 사랑이 없다면 그 순간부터 삶이 무료해지고 나태해져 살아가야 할 의미가 없어지고, 재미도 없어진다. 꿈, 희망, 사랑을 스스로 설정하지 못하거나 살아가야 할 이유와 존재 의미를 찾지 못한다면 정신적·육체적 붕괴가 빨리 진전될 것이다. 그러므로 지구 종말이 내일 당장 온다 할지라도 운명이 다할 때까지 보람차고 아름다운 삶을 살아가겠다는 희망의 끈을 놓지 말고, 삶의 의미를 무엇인가 매일 찾아야 한다. 우리나라에서는 삶의 방향을 스스로 선택 결정하는 중요한 시기인 중·고등학교 학창 시절을 의무 교육, 무상 교육으로 확대되어 부모와 국가 등의 재정적 지원을 받으며 원대하고

탄생은 불가사의한 인연의 연속

아름다운 꿈과 희망을 스스로 계획하고 설정할 수 있는 법적 제도 장치가 마련되어 있어 다행이다.

적성에 맞는 전공·직업
스스로 설정하자

청년이 되면 앞으로 전개되는 대학생·사회인으로서 인생을 책임지고 헤쳐 나갈 전공이나 직업을 선택하고 확정시키는 시기가 다가온다. 자신의 적성과 개성에 맞는 전공과 직업을 선택하는 것은 부모나 선생님 등의 자문을 구해 스스로 결정해야 즐거운 마음으로 평생 학문을 연구하거나 생계를 유지하는 데 도움이 되므로 많은 시간을 갖고 심사숙고해야 한다. 남이 좋다고, 돈벌이가 좋다고, 주변 이목이 중요하다고, 주변에서 추천하는 것에 솔깃하여 적성과 개성에 맞지 않는 분야를 선택하는 것은 5-60년을 남에게 이끌려 다니는 신세가 되기 쉽기 때문에 결코 바람직한 선택 방법이 아니다. 전공 또는 직업 분야는 모든 주변 여건을 감안하여 어떻게든 스스로 선택하고 결정할 수 있는 방법을 찾아야 한다. 그 방법으로는 평상시 다양한 분야의 유명 인물 자서전, 문학 소설 등을 많이 읽고, 각 분야에서 두각을 나타내는 특출한 인물을 주의 깊게 관찰하고 소통할 수 있는 기회를 만들어 타고난 재능, 삶의 목표와 가치에 적합한 분야를 결정하는 데 필요한 지혜로운 식견을 넓혀 나가야 한다. 그러면 평생 직업은 정신적 고뇌와 재정적 압박을 받지 않고 평화로운 일상생활을 영위해 나갈 수 있다. 특별히 우수한 인재나 천재는 재능, 적성, 개성을 일찍 발견해 순탄하게 살아갈 수 있지만, 보통 사람은 자신이 잘하는 분야를 일찍 발견하지 못해 오랜 세월을 엉뚱한 일에 허비하고, 보람차고 즐겁고 행복한 삶을 이어 나가지 못하는 경우가 생기는 것이다. 어른이 되었음에도 불구하고 잘하는 분야와 능력을 찾지 못해 중심 잃고 이리저리 기웃거리는 사람을 접할 때 정말 안타깝다는 생각이 든다. 이것은 부모, 선생님, 주변 이웃을 탓할 수 없는 현상으로, 오로지 자신의 무지로 생기는 현상이라는 것을 한 살이라도 젊고 혈기가 왕성한 시절에 깨우쳐야 한다. 나이는 숫자에 불과하다고 하지만 육신이 노쇠하고 정신이 희미해지는 순간에서 깨우친다면 이미 때는 늦은 것이나 다름없다. 늦어도 노력하면서 어떻게든 살아가기야 하겠지만 혈기 왕성한 청춘만큼 열과 성을 다하기는 벅차다. 이런 노쇠 현상이 일어나지 않도록 청년 시절에 꿈과 희망을 명확히 설정하고, 관련된 서적을 두루 섭렵하여 학문과 지식을 넓히고, 국내외 인사와 인적 네트워크를 잘 구성하여 그들 경험과 조언이 참고가 되는 여건 조성을 스스로 만들어 나가야 한다. 더불어 삶의 과정이 고뇌·고통으로 둘러싸인 평범한 일상일지라도 자신의 내면에 숨겨져 있는 보람찬 삶의 가치와 의미를 찾을 수 있도록 다양한 취미 생활과 국내외 박물관, 역사관, 고궁, 자연 풍경 등을 답사하고 여행하며 즐길 수 있는 기회를 많이 가져야 한다. 젊은 시절에 겪은 어렵고 힘든 경험은 돈을 들여서라도 일부러 실천해 봐야 한다고 먼저 살아온 선배가 조언하는 것이다. 이것은 다양한 학문과 식견을 두루 갖춘 사람이 가정, 조직, 사회, 국가, 세계를 잘 이끌어 갈 수 있다는 것이 냉엄한 현실이기 때문이다. 정신적·육체적으로 왕성한 시기에 주변 여건이나 잘못된 친구와 함께 악한 감정과 나쁜 분위기에 휩쓸려 남을 괴롭히거나 싸움을 거는 행위, 도박이나 음탕 짓을 하는 행위, 타인에게 욕설이나 악담을 행위, 강도 또는 살인 행위 등이 습관화되면 많은 가정적·사회적 문제를 일으키기 쉽다. 청년 시절에 적합한 생활 양식은 나쁜 습관이 몸에 습관화되기 전에 가능한 한 빨리 과감하게 버리고, 다시 선택한 좋은 습관이 몸에 천천히 익숙해지도록 꾸준히 노력해 나가야 하는 것이다.

우리는 일상 속에 무언가를 위해 오늘도 고군분투하고 있고, 어떻게 살아 숨 쉬는 것이 진실하고 보람찬 삶인지 매일 고민하며 잠 못 이루고 꿈속을 헤맨다. 우리가 존재한다는 것은 나를 낳아 준 부모와 그 위로 연결된 선조가 험난한 생존 경쟁에서 살아남았기에 가능한 것이다. 그러므로 자신의 위치가 어떻든 최선을 다해 부모에게 기쁨과 행복을 전하도록 노력하는 것이 자식 된 도리일 것이다. 부모가 살아 계실 때 귀엽고, 사랑스럽고, 자랑스러운 모습을 자주 보여 드려 부모마음속에 각인이 되어 그들 삶을 행복하고 보람되게 마무리할 수 있도록 도와드려야 한다. 학창 시절과 청소년 시절에 아름다운 꿈과 희망을 설계하여 건강하고 씩씩한 청년으로 성장해 적성에 맞는 직업을 구하고, 영원한 배우자를 찾아 단란하고 행복한 가정을 꾸리고, 자녀를 올바른 방향으로 양육하고 있다면 부모에게 조금이나마 효도하고 가족을 사랑하며 잘 살아가고 있는 것이다. 다만, 독신으로 살거나 자녀 없이 살아가는 또 다른 삶도 있겠지만 누구든 삶에 대한 확고한 목표·목적을 가지고 생활해야 한다. 삶의 목표·목적은 크고 작음, 높고 낮음, 많고 적음에 있는 것이 아니라, 현 위치에서 어떻게 사는 것이 삶의 가치와 의미를 갖고 살아갈 수 있는 것인지 매일 생각하고, 이를 올바른 방향으로 이끌어 가는 것이다.

우리는 부모, 친척, 주변 이웃, 책 등을 통해 기독교, 천주교, 불교, 유교, 이슬람교 등 다양한 방향으로 종교관이 자리 잡히고, 철학, 정치, 사회, 경제 등에 대한 생각도 자신이 바라보는 관점에 따라 다르게 인생관이 형성된다. 또한 수많은 인연으로 습득된 지식과 경험을 통해 각 분야에 대한 인식이 깊어지고 넓어지기도 한다. 21세기는 복잡하고 빠르게 다문화 다국적 국가로 변해 가고 있고, 전 세계는 약 240여 개 국가 간 무역 장벽이 조금씩 무너져 무한 경쟁 체제로 치닫고 있다. 이런 시기에 우리가 갖춰야 할 기본 인생관, 직업관, 결혼관, 가족관, 사회관, 종교관, 세계관 등을 어떻게 정립해 나가는 것이 바람직한 것인지 각자 다양한 방법으로 현실에 맞는 삶의 지혜와 여정을 스스로 개척해 나가는 것이다. 이것은 부모, 선생, 주변 이웃 등이 아닌 자신이 자유롭고 확실한 의지를 갖고 선택하고 결정하여 삶의 질을 변화시켜 나가겠다는 마음 자세를 갖는 것이 매우 중요하다. 어떤 사람은 이런 자유와 선택 권한을 포기하여 타인에게 의지하거나 타인이 선택해 준 대로 행동한 것이 잘못되었다는 것 자체를 모른 채 지낸다. 이런 행위가 수십 년간 몸에 고착화된다면 나이가 들어 갈수록 어렵고 힘든 상태를 잘 견뎌 내지 못하고, 쉽게 벗어나거나 빨리 빠져나오지도 못한다. 자신에게 적합한 행복한 길은 어딘가 분명히 있음에도 불구하고 과거의 생활 양식이나 관습에 얽매어 새로운 생활 양식으로 잘 갈아타지 못하는 것이다. 현실에 맞는 생활 양식은 수시로 선택하는 갈림의 길에서 어떻게든 스스로 변화시켜 보겠다는 마음 자세를 평상시 갖추고 있어야 받아들일 수 있다. 자신 앞에 놓인 고난과 고통을 해결할 수 있는 새로운 길은 분명히 어딘가 있다는 긍정적이고 낙천적인 사고를 가지고 찾아 나서야겠다는 노력이 있어야 발견할 수 있다는 것이다. 옛말에 '하늘이 무너져도 솟아날 구멍이 있다'는 격언을 믿고 적극적 행동으로 옮겨야 한다. 그래서 어제의 고루하고 타분한 생활 양식은 과감히 버리고, 지금 시대에 맞는 새로운 생활 양식을 선택해 다시 출발해 보는 것이다. 이것이 통하지 않으면 또 다른 생활 양식을 찾아보는 반복 행위를 거듭해 새로운 길을 찾아가는 것이다. 학창 시절, 청소년 시절에 실패와 실수로 얻은 지혜는 앞으로 전개될 성공의 확실한 밑

거름이 된다는 마음 자세, 굳건한 용기, 자신감을 갖는 것이 무엇보다 중요하다. 그리고 성공해서 정상에 우뚝 솟아 있는 행복한 모습을 매일 상상하고 그려 봐야 한다. 우리가 살고 있는 세상은 복잡하고 혼란스러운 모순덩어리인 데다가 너무 빠르게 변하고 있으므로 과거의 고리타분한 생활 양식을 고집하고 빨리 벗어나기 꺼려한다면 한 발짝도 앞으로 전진해 나갈 수 없다. 새로운 세상을 주관적으로 생각하느냐, 아니면 객관적으로 생각하느냐에 따라 삶의 질이 달라진다. 만약 세상을 단순하고 살아 볼 만한 것이라 주관적으로 생각한다면 매일 새로운 오늘을 맞이할 수 있는데, 이것은 오로지 자신 마음에 달려 있는 것이다. 그러므로 항상 마음을 활짝 열고, 단순하고 간단하게 접근하는 방법을 찾아보고, 선한 행동을 많이 하는 사람을 가까이하고, 옛 성인(聖人)이 행한 행동과 말씀을 서술한 책을 자주 읽으면서 올바른 길을 선택하는 훈련을 반복적으로 연습해 몸에 익숙해지도록 노력하는 것이다. 일상 속에서 행하는 말과 행동은 자신의 성격과 인성으로 이어지므로 매일 만나는 다양한 주변 인물의 인연 속에 배울 것은 배우고, 버릴 것은 버릴 줄 아는 식견을 배우는 데 최선을 다하는 것이 좋은 생활 습관이다.

탄생은 불가사의한 인연의 연속

만물과의 인연 속에서
사랑을 배운다

인간, 자연물, 인공물 모든 것과 상호 인연을 맺으면서 사랑하는 마음을 갖는 것만큼 중요한 것은 아마 없을 것이다. 사랑하는 마음은 만물을 소중하고 귀중하게 여기고, 이해하고, 아낌없이 돕는 것을 행복하고 즐거운 마음으로 행동하는 것이다. 특히 삶의 가장 중심에 놓아야 하는 것은 따뜻하고 온화한 감정이 담긴 가족 사랑일 것이다. 가족 사랑은 부모와 자녀, 부부, 형제자매, 사촌, 조부모와 손녀, 삼촌과 조카, 고모와 조카, 이모와 조카 등 친인척 간 끈끈한 유대감으로 맺어져 서로 존중하고 지지하고 이해하고 위로하며 존경하는 마음이 가득 담겨 있는 가장 기초적 만남에서 시작한다. 이것은 어떤 사랑보다 자연스럽고, 풍요롭고, 안정적으로 우리 주변에 항상 준비되어 있기 때문에 삶에 안식처 역할을 해 주는 소중하고 귀중한 선물이므로 일상생활에 큰 힘이 된다. 부모가 자녀에게 아낌없이 주는 무한한 사랑은 이 세상 존재하는 어떤 사랑보다 진한 감동을 준다. 자신보다 몇십 배나 무거운 트럭을 들어 올려 밑에 깔린 아이를 구해 주는 행위, 강도나 악당 등이 헤치려 들 때 목숨 걸고 아이를 보호하는 행위, 깊은 물속에 빠진 아이를 물 위로 들어 올려 주는 행위, 화재·지진 등 불의의 사고가 발생하면 아이를 살리기 위해 먼저 끌어안는 행위 등 아이를 먼저 보호하겠다는 일념으로 아무 생각 없이 부모가 반사적으로 행동하는 사랑이다. 이것 이외에도 대소변을 가려 주는 행위, 아플 때 병원에 데려가거나 치료해 주는 행위, 배고플 때 밥해 주고 더러운 옷을 빨아 주는 행위, 아이 눈높이에 맞춰 놀아 주는 행위, 학교·학원을 오갈 때 동행하며 돌봐 주는 행위, 운동·취미 활동을 같이해 주는 행위, 성인이 되기 전까지 보호자 역할을 해 주는 행위, 영어, 수학, 수영, 태권도, 학교 등 정신적·육체적 교육에 필요한 재원을 아낌없이 지원해 주는 행위, 환갑이 지난 자녀가 여행을 가거나 외출할 때 조심하라며 걱정하고 마음 써 주는 행위도 무한한 부모의 순수하고 진솔한 사랑이 있기 때문에 가능한 것이다.

반대로, 옛날이나 지금이나 자신을 희생하면서 부모에게 헌신적으로 사랑하는 이야기도 많이 있다. 초등학생이 점심을 굶어 가면서 점심값을 모아 아버지와 함께 놀이공원에 가고자 하는 행위, 지게·리어카 등을 이용해 거동 불편한 어머니를 업거나 태워 금강산 등 전국 여행을 떠나는 행위, 사슴 젖을 원하는 아버지를 위해 깊은 산속에서 사슴 젖을 채집해 오는 행위, 멀리 떨어져 사시는 부모에게 아침저녁으로 매일 안부 전화 하는 행위, 간·콩팥 등 일부 장기를 부모에게 이식해 주는 행위 등 부모를 지극히 사랑하는 자녀의 효심이 담겨 있기 때문에 어떤 어려움·위험도 무릅쓰고 행동으로 옮기는 것이다. 이 중에서도 자녀가 부모에게 해 줄 수 있는 보편적 사랑은 정신적·육체적으로 건강하게 성장하여 자신의 역할을 충실히 실행하면서 부계·모계 후손을 계속 유지시켜 부모, 형제, 친인척의 마음을 따뜻하게 전달해 주는 일이다.

또한, 주변 이웃이나 타 국민에게 이념, 사상, 인종 등을 떠나 차별 없이 베푸는 인류애도 있다. 지진, 태풍, 홍수 등 자연재해로 고통받는 사람, 육체적·정신적으로 불편한 사람, 열악한 환경으로 기아·질병을 쉽게 벗어나지 못하는 사람 등을 위해 봉사하고 재산을 기부하는 열정적·헌신적 사랑이다. 얼굴도 잘 모르는 어려운 이웃을 도와주는 열정적·헌신적 사랑은 하늘이 내려 준 최고의 축복이라 생각하고 실천하면서 행복과 즐거움을 스스로 느끼는 것이다.

자연물, 인공물에 대한 사랑은 슬기로운 이성과 지성을 갖춘 인간이 먼저 이해하고, 아끼고, 소중하게 생각하고, 친밀하게 접근하면서 헌신적으로 우애적 사랑을 베풀어야 자연생태계가 영원히 평온하고 평화롭게 보존·보호될 수 있다. 자연 숲속에 있는 나무를 껴안고 물과 거름을 자주 주는 행위, 불모지 사막이나 대지 등에 나무와 식물을 심는 행위, 각양각색의 야생화를 꺾어 화병에 꽂아 자신 곁에 두고 즐기는 것보다 자연 상태로 놓아 두고 함께 보고 즐기는 행위, 개나 고양이 등 반려동물에게 먹이 주고, 목욕시키고, 털을 다듬어 주는 행위, 가뭄·폭설 등 악천후로 굶주리고 방치된 야생 동

탄생은 불가사의한 인연의 연속

물에게 먹이와 서식지를 마련해 주는 행위, 새, 곤충, 희귀 동물을 보존·보호해 주는 행위 등등. 자연물에 대한 사랑은 인간이 지대한 관심과 애정을 갖고 정성껏 관리해 나겠다는 마음 자세가 평상시 자연스럽게 우리 몸에 습관화되어 있어야 가능하다. 그러면 자연은 인간에게 거짓 없이 맑고 신선한 공기, 깨끗한 물, 푸르고 우거진 산천 초목을 되돌려줘 우리 마음을 평온하고 평화롭게 만들어 줌과 동시에 풍부한 수확물을 거둘 수 있게 만들어 주는 것이다. 인공물을 사랑하는 행위는 일상 속에서 널리 사용하는 생활용품, 가전제품, 공구, 가구, 취미 장비 등을 소중하고 귀중하게 생각하고, 종이 한 장이라도 절약하자는 마음에서부터 시작하는 것이다. 모든 인공물은 한두 번 쓰고 쉽게 버리는 것보다 닦고, 기름 치고, 조이고, 아껴 오래 사용하여 에너지 낭비를 최대한 줄이는 것이 자연을 영구적으로 보존·보호해 나가는 방법이다. 만약 유해 물질이 포함된 살충제·오염 물질 등을 과다하게 사용하고, 탄소량을 많이 배출하고, 일반 생활 쓰레기를 대책 없이 마구 버린다면 자연생태계가 파괴되고 손상되어 급격한 기후 변화, 지각 변동이 자주 일어날 것이다. 이로 인해 오염되고 훼손된 지구는 지진, 태풍, 홍수, 전염병 등 자연재해를 수시로 발생시켜 어느 순간 인간과 함께 우주 속으로 빨리 사라진다는 사실을 잊지 말아야 한다.

미국 심리학자 로버트 스턴버그(Robert J. Sternberg)가 제시한 삼각형 이론에서 사랑의 크기는 '상호 간의 친밀감, 경험에 의해 축적되는 열정과 헌신' 세 가지 요소 배합에 따라 도취적 사랑, 공허한 사랑, 낭만적 사랑, 우애적 사랑, 성숙한 사랑 등 다양한 형태로 나타난다고 한다. 이 중 가장 이상적인 완전 성숙한 사랑은 이 세 가지 요소를 균형 있게 증가시키면서 서로 소통하고 노력하는 가운데 이루어지는 것이다. 인간이 만물을 사랑하는 마음은 성격, 가치관, 경험 등에 따라 매우 다르게 나타나겠지만 소중하고 귀중하게 생각하는 마음을 먼저 나눠 주고 도와주겠다는 자세로 평생 갖고 살아간다면 더 많은 기쁨과 즐거움과 행복을 만끽할 수 있다.

우리가 사랑을 배워 나가는 좋은 방법은 사랑을 받는 것보다 아낌없이 주는 마음으로, 미워하거나 원망하는 마음보다 용서하고 포용하는 마음으로, 무관심하거나 무책임한 자세보다 지대한 관심과 책임지는 자세로, 과한 욕구·욕망이 가득 찬 마음보다 소박하고 검소하게 절제된 마음으로, 짜증·슬픔을 갖는 마음보다 웃음·미소가 가득한 즐거운 마음으로 모든 만물을 사랑할 수 있게 나부터 실천해 나가도록 노력하는 것이다. 결국 성숙한 사랑은 헤아릴 수 없이 많이 맺어지는 만물과의 인연을 깊은 관심·애정으로 돌보고 가꾸며, 유익한 관계로 지속되도록 평생 배우고, 정성껏 행동으로 옮긴

탄생은 불가사의한 인연의 연속

다면 우리가 원하는 결과물은 소리 소문 없이 다가오고, 자연생태계도 파괴되거나 손상되지 않고 평화롭게 공생·공존하며 오랫동안 잘 살아갈 수 있을 것이다.

4. 꿈을 향한 멈출 수 없는 모험의 연속

초연결 사회에 맞는
문제 및 갈등 해소 방안

현대인은 꿈과 희망, 자아 성취, 조직 목표 성취를 위해 눈코 뜰 새 없이 국적, 인종, 남녀노소 가리지 않고 다양한 인사를 인터넷, 여행, 모임 등에서 수시로 만나거나 채팅(chatting)하며 살아간다. 최근에는 인터넷 보급 확산으로 지역 또는 국가 간 소셜 네트워킹 서비스(SNS)를 통해 24시간 쉬지 않고 인적 이동 없이 상호 정보 교환과 대화가 가능해졌다. 네트워크, 컴퓨터, 인터넷, 스마트폰 등으로 사람과 사물, 데이터가 서로 연결하여 객체 간 연결 범위가 확장되는 초연결 사회도 2008년부터 등장하기 시작한 것이다. 국경이 사라진 초연결 사회에서는 다국적 다문화 속에 복잡하게 연결되어 인간·자연과의 만남으로 발생되는 많은 문제와 갈등을 적시해 잘 해소해야 원하는 목표를 적절한 시기에 성취할 수 있게 되었다. 초연결 사회의 변화 속도는 빛의 속도만큼 빨라지고, 인적 만남과 헤어짐도 종전보다 훨씬 빠르게 전개된다. 따라서 초연결 사회의 인연은 잠시도 멈출 수 없는 모험의 연속이다.

사회 구조는 여러 인종과의 교류 목적, 동기 역시 다양한 방법으로 전개되어 신분, 계급, 종교, 가족, 단체, 국가 등 각 구성 요소가 복잡하게 얽혀 나날이 진화하므로 변화무쌍하고 미리 예측하기도 어렵다. 사회 공동체 표준화 형태도 정치, 경제, 사회, 종교 등 각 국가별 개별 여건에 따라 매우 다르게 발전할 수 있으므로 큰 의미가

탄생은 불가사의한 인연의 연속

없어지고 있다. 사회 공동체 형태는 19세기 중후반에 마르크스와 엥겔스가 주장한 원시공동체 사회, 아시아적 사회, 노예제 사회, 봉건제 사회, 자본주의 사회, 공산주의 사회로 구분하였지만 지금은 소규모 경영 구성체, 식민지 반봉건 사회, 천민 구성체 등 다양한 형태의 사회 공동체가 추가되고 있는 것이다.

우리가 각자 해야 할 역할은 폭넓게 구성된 사회 공동체 속에서 어떤 일이든 찾아야 한다. 그래야 소속감과 존재감도 생기고, 조직 구성원과 함께 수많은 문제 해결 방법을 찾으며 사회에 무엇이든 보태는 적극적인 삶을 살아갈 수 있다. 자신에 대한 소속감과 존재감은 사회 구성체 속에서 일어나는 헤아릴 수 없는 많은 일을 통해 서로 교제하며 논의하고 협상하는 중심에 자신이 놓여 있도록 노력해야 높아지는 것이다. 다양하게 얽힌 문제를 피하는 것이 아니라 적극적으로 받아들이고 해결하는 자세를 가져야 자신의 존재감을 가슴속 깊이 느낄 수 있다. 세상은 하루가 멀게 급속하게 변하고 세상을 바라보는 위치와 각도에 따라 생각하고 느끼는 관점도 매우 다르게 나타나기 때문에 문제 해결 방법도 다양한 것이다. 그러므로 우리는 소속된 가족과 직장에 제한된 좁은 시각보다 더 넓은 세계와 우주 속에 존재하는 나를 바라보는 시각으로 해결점을 찾아야 한다. 타인이 내게 무엇을 해 줄 것인가 바라는 수동적인 자세가 아니라 내가 타인에게 해 줄 수 있는 것이 무엇인지 적극적으로 찾아가는 자세로 임해야 소속된 공동체와 함께 더욱더 발전해 나갈 수 있다. 서로 복잡하게 맺어진 인연 속에 각 개인 역할을 잘 구분해서 권위, 직위, 직급, 직책 등에 얽매이지 않고 주어진 위치에 맞게 지켜야 할 사항을 준수하면서 자유롭게 참신한 일을 탐구해 내는 것이다. 이것을 구분할 때는 서로의 위치나 입장을 존중하되, 인간의 존재 가치나 존엄성에 대해서는 수직 관계가 아니라 수평 관계로 바라보고 접근하도록 한다. 다양한 형태의 직장·사회·국가 등 더 넓은 세상으로 다가가는 시점에서는 구성원, 문화, 습관, 지역 여건 등을 종합적으로 고려하여 관계를 맺어 가는 방법을 배워 나가야 공동체와 자신이 추구하는 목표, 즉 공동체와 자신이 원하는 꿈과 희망을 적절한 시기에 조기 완성 시킬 수 있는 가능성이 훨씬 높아지는 것이다.

인간은 사회적 동물이라 혼자만 살 수 없는 구조로 되어 있다. 하루가 시작하자마자 매 순간 다양한 성격과 인격을 갖춘 여러 사람과 인연을 맺고 지식을 공유하면서 원하는 목표를 향해 달려간다. 자신이 몸담고 있는 조직에서 매일 홍수같이 밀려오는 새로운 정보를 신속하게 입수하여 폭 넓은 식견·경험을 쌓아 가고, 각자 타고난 재능과 능력을 최대한 발휘하는 데 필요한 제한된 시간을 잘 활용해야 두 마리 토끼 모두 잡을 수 있다. 자신과 조직의 목표를 동시에 성취

탄생은 불가사의한 인연의 연속

해 나가는 방법은 건전한 인격, 건강한 체력, 유익한 인적 네트워크를 구축하여 여러 각도로 목표 성취 방법을 꾸준히 탐색하고, 자신의 성격, 행동, 신념 등을 일일신우일신 하며 살아가야 한다. 사회 공동체에서 맺어지는 인연은 직업, 사업, 정치, 친목 등의 목적으로 형성되는 측면이 매우 강하므로 서로 관심 있는 분야에 정보를 수시로 공유하고 협력하는 관계로 유지하고 발전시켜야 한다. 왜냐하면 특정 목적을 갖고 만나는 인연은 SNS 등을 통해 쉽게 만나고 헤어지기가 반복적으로 일어나므로, 한때는 좋은 관계가 지속되다도 주변 여건 변화로 갑자기 헤어지는 경우가 많기 때문이다. 소속된 직장, 사회, 국가가 공동으로 추구하는 목표와 가치가 자신이 원하는 꿈과 희망에 일치하지 않을 때, 일과 여가의 불균형적 생활 방식이 지속될 때, 타고난 재능을 인정받지 못할 때, 강압적 조직원 상하관계로 인한 불협화음이 발생할 때, 일관성 없는 정책 방향으로 인한 갈등이 발생할 때, 세상 바라보는 시각이 다를 때 등의 이유로 구성원과 결별하게 된다. 우리가 평생 가까이할 수 있는 영원한 친구를 만나 진실한 우정을 계속 유지하는 것이 가장 바람직한 생활양식이긴 하지만, 현실 세계 속에서는 힘들다. 그럼에도 불구하고 많은 사람과 매일 소통하고 각자에게 주어진 과제를 완성시키기 위해 좋든 싫든 감정을 절제하며 다양한 사람을 만나야 하는 것이 현실이다. 쉽게 만나고 가볍게 헤어지는 현상으로 인해 우울증과 소외감이 생기기도 한다. 이를 극복하기 위해서는 우선 확고한 삶의 방향을 꼿꼿이 유지하며 관련된 새로운 주변 환경 변화에 신속히 대응할 수 있는 마음 자세와 관련된 지식과 지혜를 꾸준히 학습 개발해 나가야 한다. 그러면서 일, 취미 생활, 건강 관리를 잘 분배해 균형 잡힌 생활이 지속적으로 유지될 수 있도록 만전을 기해야 하는 것이다. 범위를 넓혀 생각하면 모든 국가는 자원, 에너지, 식량, 토지, 우주 등 자국민이 타국민보다 더 많이 확보하기 위해 정책 방향이 맞는 국가와 의기투합하여 지역 및 국가 간 분쟁·투쟁·전쟁 등을 유발하기 때문에 하루도 바람 잘 날이 없다. 이런 과다 경쟁으로 인해 기후가 온난화로 급속하게 변화되어 예상치 못한 폭풍, 홍수, 지진 등 자연재해를 일으켜 수십만 명이 순식간에 사라지는 지역이 세계 곳곳에서 발생하기도 한다. 최근에는 인간이 만들어 낸 최첨단 무기 무인 폭격기, 살상드론 등을 인공위성으로 조정하여 주요 시설과 사람을 공격하는 수준까지 이르렀다. 만약 핵무기 등을 이용한 제3차 세계대전이 일어나기라도 한다면 전 세계는 삽시간에 초토화될 수 있는 상황이 항상 존재하고 있고, 우주 공간에 쏘아 올린 인공위성과 우주선 등으로 우주전쟁이 일어날 가능성도 배제할 수 없다. 그러므로 우수한 과학기술자, 핵무기 등을 많이 보유한 국가 지도자가 정신적·윤리적·도덕적 책임감을 갖추고 있는지 걸러 내는 엄격한 교육과 명확한 인증 절차 과정이 더욱 필요하게 되었다.

탄생은 불가사의한 인연의 연속

다행히 세계인은 자연과 지구를 평화롭고 평온하게 보존할 수 있도록 서로 합심해 과학 기술을 발전시켜야겠다는 공감대가 형성되어 가고 있고, 더 크고 더 높은 도덕성과 윤리성을 갖춘 세계 지도자를 선정하는 데 필요한 절차와 방법 개발에도 노력하고 있어 그나마 희망이 있는 것이다. 국가 지도자 중 어느 한 명이 정신이상자이거나 과도한 폭력성을 가진 전쟁광이 잘못 선정되어 지나친 권력과 권위에 대한 헛된 야망으로 핵전쟁 등 무모한 전쟁 게임을 걸기라도 한다면 인류는 한순간에 멸망될 수 있다는 것을 명심해야 할 것이다.

인간이 천부적인 재능이나 두뇌를 일찍 발견하여 국내외 두각을 나타내어 백 년 이상 역사 기록에 남을 만한 위대한 과업을 남기는 일은 쉽지 않다. 간혹 몇백 년 만에 한두 명 나오는 위대한 위인도 다양한 만남으로 일어나는 수많은 문제와 갈등을 잘 해결하고, 헌신적인 봉사와 희생을 감수하며 평생 최선을 다해 천재적 재능을 십분 발휘했기 때문에 큰 과업을 남길 수 있었던 것이다. 그러나 이들 역시 재능만 믿고 노력하지 않는다면 무용지물이 되어 보통 사람이 열과 성을 다해 집중적으로 재능을 개발해 얻은 결과물보다 우수한 결과물을 양산하지 못하는 경우도 많이 있다. 또한 매일 만나는 많은 사회 공동체 또는 국가 간 이어지는 인간관계에서 천부적 재능만 믿고 자신 의견만 옳다고 주장하고 다른 사람 의견은 틀렸다고 주장하는 순간부터 서로 다툼이나 싸움이 일어난다. 서로 의견이 다르면 대화를 계속해 합의점을 찾아 해결하는 것이 최선이다. 하지만 현실은 그렇게 원하는 대로 진행되지 않는다. 유리한 힘·권력·재능 등을 가진 자가 불리한 입장에 놓인 상대방을 억지로 굴복시키려는 현상이 많이 생기기 때문에 어디서든 문제와 갈등이 발생한다. 무슨 일이든 서로 다투거나 싸울 때 상대방보다 유리한 입장을 활용해 강압적으로 굴복시키면 그 당시에는 이긴 것처럼 보이지만 굴복당한 사람 마음속에 어떤 앙금이 남아 있는지 알 수 없고, 그 앙금으로 인해 언제 복수 당할지도 알 수 없는 것이다. 그러므로 자신 의견이 현재 맞더라도 다수 의견을 수용하고 일보 후퇴한 후, 더욱더 과학적인 근거와 합당하고 정당한 논리를 개발 제시하여 상대방이 꼼짝없이 인정하도록 만들어야 한다. 상대방이 자신에게 설득당했음을 인정할 수밖에 없게끔 만들어서 또 다른 다툼과 분쟁이 발생하지 않도록 미리 예방하는 것이 바람직하다.

좋은 인간관계를 형성하는 방법은 서로 잘못을 인정하고 사과하면서 갈등 문제를 빠른 시간 내에 해소하는 것이다. 공동체에서 확실하고 명확한 근거 없이 자신만 옳다고 주장한다면 평화로운 조화는 결코 이루어지지 않고 싸움과 분쟁이 자주 일어날 것이고, 대다수 사람을 나쁜 길로 유도할 가능성도 훨씬 높아지므로 반드시 조심해야 한다. 자신이 주장한 내용이 올바르고 정당한 이유가 있으나, 그 당시 대다수에 의해 인정받지 못해도 언젠가 그 가치가 인정되어 빛을 보게 되므로 반드시 패배한 것은 아니다. 민주주의 국가에서는 다수 의견이 우선 채택되는 것이 대부분이다. 이것은 그 당시 현존하는 대다수 공공이익을 대변할 수 있는, 법적으로 인정된 명확한 절차 규정에 따라 서로 합리적 논의와 토론을 거쳐 균형 잡힌 결론을 이끌어 낸 것이고, 기본적 인권과 자유를 보장해 줬기 때문에 가능한 것이다. 다만 다수 의견일지라도 내로남불 또는 아시타비와 같은 이중 잣대를 가지고 자신만 옳다는 주장과 행동이 반복하지 않도록 주의해야 한다. 채택되지 않은 소수 상대방 의견도 역시 존중해 주는 사회 풍토가 조성되어 그들의 권리도 보장해 주는 자세가 올바른 민주적 처리 방식이고, 변화무쌍한 미래를 대비하는 예방책이기도 하다.

계속된 많은 만남을
견뎌 내야 하는 장년

청소년, 중장년, 노년을 거치는 삶의 과정에서 매일 만나는 사람은 남녀노소 구분 없이 천차만별하고, 이들과 복잡하게 연결되어 번뇌와 고뇌 역시 헤아릴 수 없이 수시로 생기므로 삶 자체가 모험의 연속이다. 공적·사적 업무에 도움을 주고 협업하는 사람, 재정적 지원을 해 주는 사람, 취미 생활을 같이 즐기는 동호인, 내면의 안정을 찾아 주는 성인(聖人), 업무를 방해하거나 훼방 놓는 사람, 정신적·물질적 피해를 주는 사람, 짜증 나고 화나게 만드는 사람, 시비를 거는 사람, 국내외 전문 분야의 연구개발 목적으로 만나는 사람, 주거지에서 자주 왕래하는 주변 이웃, 종교적 모임에서 만나는 사람, 손잡고 대화하다 가볍게 헤어지는 사람 등 다양하다. 이런 많은 만남을 어떻게 좋은 인연으로 계속 유지시키느냐가 삶의 중요한 과제 중 하나인 것은 분명하다. 만남의 선택과 결정은 순간순간 자기 스스로 만들어야 하므로 평상시 관련된 올바른 지식, 지혜, 경험을 쌓아가는 노력을 멈춰서는 안 된다. 학교를 다니면서 많은 지식과 지혜를 습득하고, 개성과 능력에 맞는 직업과 직장을 구하는 이유도 원대하고 아름다운 꿈과 희망을 성취해 나가는 데 도움이 되는 유익한 인물을 선택하고 구분하는 식견과 안목을 키우고, 폭넓은 다양한 인적 네트워크를 구축해 평온하고 안정적인 삶을 이끌어 갈 수 있게 만드는 데 있다.

가정·직장 업무를 병행하며 앞날까지 걱정해야 하는 3-40대에는 학부모, 직장, 종교 관련 단체, 전문가 그룹, 세미나, 친목회, 동호회, 동창회, 봉사활동 등을 통해 국내외 관련 인사를 많이 만나는 시기로 숨 쉴 새 없이 바쁜 나날을 보낼 것이다. 바쁜 와중에도 강인한 체력과 건전한 정신을 유지하면서 다양한 독서를 통해 지식과 경험을 쌓고, 자신, 가족, 사회, 국가에 헌신하고 봉사할 수 있는 일을 빨리 찾아 유익한 사람과 인적 네트워크를 잘 구축해야 남들보다 앞선 사회 지도자로 성장할 수 있다. 성년이 되어 재능과 개성에 맞는 직업을 스스로 선택하여 재정적 안정을 확보하였으면, 가정을 함께 꾸려 나갈 배우자도 찾아야 한다. 그래야 넓게는 인류, 좁게는 모계·부계를 존속시킬 수 있다. 남녀가 인연을 맺어 아이를 낳아 후손을 번성시키지 못한다면 언젠가 인류는 지구에서 멸망해 영원히 존속할 수 없게 되기 때문이다. 배우자는 특별한 경우를 제외하고는 평생 가정을 형성해 5-60년간 한 울타리 내에서 함께 살아야 하므로 신중하게 선택하고 결정해야 한다. 러시아 속담 중에 '바다에 나갈 때는 한 번 고민하고, 전쟁에 나갈 때는 두 번 고민하고, 결혼할 때는 세 번 고민하라'는 말이 있다. 그만큼 배우자를 찾을 때는 우선 각자 태어난 지역이나 성장한 가정 문화에 따라 생활 양식, 사고방식, 태도, 신념 등이 매우 다름을 서로 인정하고, 성장 과정이 다른 상대편을 배려할 줄 아는 사람을 선정해야 한다. 그래야 육아,

자녀 교육, 부모 부양 등 가족 대소사 문제를 무난하게 처리해 나갈 수 있다. 대부분 결혼 초기에는 화목하고 평온한 가정을 꾸려 한 몸이 되어 평생 사랑하면서 평화롭게 살 것같이 생활한다. 그렇지만 서로 다른 생활 습관이나 문화 속에 살아왔기에 어떤 문제에 대한 접근 방법이나 해결 방법이 서로 달라 소소하고 간단한 일로 다투고, 싸우고, 짜증 내고, 화를 참지 못해 갈등이 발생한다. 아이가 건강하게 성장하면서 필요한 교육을 잘 받아 훌륭한 청년으로 자랄 수 있도록 돌봐 주고 지원해 주는 양육 방법도 부부 간 서로 다를 수 있다. 사랑과 우정이 끈끈하게 듬뿍 담겨 있는 가정에서조차 부부가 해야 할 일과 자녀가 해야 할 일을 명확히 구분하지 않고 각자 자기만의 생활 양식을 고집하거나 강조하기 때문에 부부 간·부자 간 갈등이 발생하기도 한다. 어린아이가 밥을 먹을 수 있게 만들어 주는 것은 부부가 해야 할 일이다. 부부가 우격다짐으로 밥을 먹게 하는 것은 아이가 자신의 고유 권한인 자유를 억압받는 강제 행위로 받아들일 수 있다는 것이다. 아이가 몸 상태에 따라 밥을 먹고 안 먹는 것에 대하여 자유롭게 결정할 수 있는 사항을 부부의 권위와 강압으로 무시하면 부자유스러운 행동으로 받아들여 불편하게 느끼고 짜증 내기 시작하면서 갈등이 생긴다. 인간은 어린 나이일지라도 살아남기 위한 기본 생존 본능이 있어 강제로 먹이지 않아도 배고프면 무엇이든 스스로 찾아 먹는다. 공부도 마찬가지다. 학생이

예습·복습하고 책을 읽으며 식견과 경험을 쌓아 가는 행위는 부부가 대신해 줄 수 없다. 부부는 왜 공부를 열심히 해서 많은 지식과 지혜를 쌓아야 하는지 구체적 사례를 들어 자세히 설명해 주고, 따뜻한 배려와 공부에 필요한 공간과 자원을 아낌없이 지원해 주는 것으로 만족해야 한다. 부부의 역할은 아이가 공부를 스스로 열심히 노력해서 원하는 목표를 성취할 수 있도록 올바른 길로 유도하고 필요한 자원을 제공해 주는 것으로 끝내야 한다. 서로 각자 해야 할 과제를 잘 구분해서 자녀가 스스로 공부할 수 있는 방법을 찾을 수 있도록 아이 곁에서 든든한 버팀목이 되어 가만히 어깨동무해 주고 독려해 주면 되는 것이다. 그럼에도 불구하고 아이에 대한 가정 교육과 훈육 방법에 있어서 부부 간·부자 간 의견 차이가 발생해 갈등과 문제가 생긴다. 가정에서 부부·부모와 자녀·형제자매 사이에 간간이 일어나는 소소한 갈등을 즉시 해결하지 못하고 다툼이 잦아지면서 문제점이 점점 쌓이고 쌓이면, 감정이 악화되어 가정불화 또는 이혼까지 이어질 수 있으므로 서로 신중하고 신속하게 해결할 수 있도록 노력해야 한다.

가정을 벗어나면 다양한 형태의 사회 공동체에서 일어나는 환경, 보건, 안전, 정치, 경제 등 관련된 문제와 갈등이 더 많이 생기므로 끊임없이 논쟁하고 말다툼거리가 생긴다. 이때 직장 동료, 주변 이

탄생은 불가사의한 인연의 연속

웃, 동호인, 친구 등을 만나는 가운데 의견이나 신념이 맞지 않아 생기는 다툼이나 분쟁은 다른 여건 속에서 성장한 지역 문화, 관습, 신념, 가치 등이 서로 다르다는 것을 이해하지 못하거나 인식하지 못해 일어나는 것이 아니다. 이들은 각자 높은 지식이나 많은 경험으로 이미 잘 알고 있어도 그 당시 일어나는 작은 문제를 바로 해결하려는 적극적 행동을 취하지 않고 다음으로 미루기 때문에 문제가 조금씩 쌓이고 쌓여 큰 문제로 발전하는 것이다. 가능한 작은 문제가 큰 문제로 발전하기 전에 바로 해결하겠다는 용기와 마음 자세를 평상시 배워 나가야 한다. 이 중에서도 청소년 시절에 개성과 재능에 맞는 직업관을 갖추고 이에 맞는 직장을 잘 선택해야 공동체 내에서의 갈등과 문제를 적게 만들 수 있다. 확고한 직업관으로 선택한 직장·조직이 추구하는 목표, 추진 방향은 자신의 인생 목표와 가치와 일치하는지 면밀히 분석하고 판단해야 할 필요가 있다. 왜냐하면 목표가 유사하면 즐겁고 행복하지만, 목표가 다르면 괴롭고 불행해지기 때문이다. 자신이 원하는 삶의 목표와 소속된 직장의 사업 목표가 유사하거나 일치하면 어떤 일을 밤새 연구하고 작업하더라도 힘들지 않게 즐겁고 행복한 마음으로 추진할 수 있다. 이 당시 일궈 낸 많은 성과물이 국내외 매스컴 또는 서적 등을 통해 세상에 알려져 사회적 주목받아 일약 스타가 되기도 한다. 반면에 자신의 재능과 목표와 전혀 다른 조직의 목표를 가지고 어떤 일을 억지로 추진한다면 담당 업무가 재미없고 짜증 나서 조직의 목표는 물론, 자신의 꿈과 희망도 원하는 시기에 달성하기 힘들어진다. 필요한 의식주에 들어가는 기본소득재원을 소속된 조직이나 직장에서 확보해야 하는 상태라면 일하기 싫어도 사업 목표치를 완수해야만 낙오자로 전락하지 않고, 가정의 안녕과 평온한 생활을 유지시키며 삶을 영위해 나갈 수 있다. 또한 정치적·조직적 공동 목표가 개인의 사상과 철학에 맞지 않더라도 숨죽이고 감정을 추스르며 절제된 행동을 보여야 할 때도 생기고, 육체적으로 힘들고 정신적으로 마음이 편하지 않더라도 쉽게 직장이나 조직을 벗어날 수 없을 때도 있는 것이다. 이로 인해 가중된 심한 스트레스와 갈등을 적시에 해결 못 하면 건강에 이상이 생겨 좋은 성과물을 성취하기 어려워진다. 우리가 선택한 직업과 직장은 여러 사람과 수십 년간 또는 평생 희노애락(喜怒哀樂)을 같이하며 원만하게 소통하고 교류해야 자신과 조직의 목표를 원하는 시기에 성취해 나갈 수 있으므로 매우 신중하게 선택하고 결정해야 하는 삶의 중요 과제 중 하나인 것이다.

탄생은 불가사의한 인연의 연속

5-60대에 맞는
지혜·인적 네트 구축

5-60대에는 가정과 조직에서 원하는 성과물을 완성시켜 구성원으로부터 존경받는 부모로, 훌륭한 책임자로 성장하여 원숙한 어른으로 발전해 나갈 수 있는 기반을 마련하는 시기이다. 이것 이외에도 세월이 흘러 왕성한 혈기가 떨어지고 몸이 쇠약해져 어렵고 힘든 일을 추진하기 어려운 노후를 미리 대비해야 한다. 어떤 목적·목표 성취를 위해 맺어진 인간관계는 우정, 신의, 평화가 존재하는 다양한 관계로 구축하여 우호적 만남이 계속 오랫동안 유지되도록 인적 네트워크를 구성해 놓아야 한다. 그래야 자신과 조직이 원하는 꿈, 희망, 목표를 조기에 성취할 수 있고, 퇴직 후 노후 생활도 편안하고 안정되게 지속해 나갈 수 있다. 훌륭한 지도자는 조직원 마음을 움직이게 만드는 소통·교감 기술이 필요하고, 우수한 인재를 적재적소에 배치하여 그들 재능을 효율적으로 발휘할 수 있게끔 유도하는 지도력이 필요하다. 조직원이 자신감을 갖고 일할 수 있도록 동기 부여, 격려, 배려를 적극적으로 해 줌으로써 조직원과 조직이 동시에 성장하고 발전해 나가는 분위기를 조성할 줄 아는 사람이어야 한다. 우리는 유능한 사회적 지도자만큼 역량과 재능이 못 미칠지라도 그들의 높은 뜻을 우러러보며 각자 원하는 희망찬 내일을 위해 중간에 꿈과 희망을 결코 포기하지 않고 현재 위치에서 열심히, 꿋꿋이 성심성의껏 살아가는 것이다. 그러다가 나이가 들면 배우자와 함께 건강을 유지하며 자녀에게 재정적·정신적 부담과 불편을 주지 않

고, 유연하고, 우아하고, 단순하게 자유로운 황혼을 즐기면서 아름다운 마무리를 준비해 나가는 것이다. 모든 인간은 가치관, 사회 규칙, 정치 체계 등이 다른 환경 속에서 각각 상이한 생활 양식을 통해 살아왔으므로 상대방을 서로 사랑하고 이해하고 관용해 주도록 노력하며 살아가는 것이 알차고 보람찬 삶이다. 따라서, 각 개인의 소중하고 아름다운 삶을 스스로 이끌어 갈 수 있도록 서로 독려해 주며 윈윈(win-win) 해 나가야 한다. 노후에는 많은 것을 내려놓고 간소하고 단순한 생활 양식으로 건강을 잘 관리하는 것이 무엇보다 중요하다.

특별히 타고난 위대한 성인(聖人)이 아닌 보통 사람은 만인을 위해 평생 봉사하고 헌신하기에 벅찬 인생이므로 타고난 운명만큼 자유롭고 평화로운 환경 속에 화목한 가정을 이끌며 편안하고, 행복하고, 건강한 삶이 계속 유지되길 간절히 바라는 것이다. 그래서 평범한 일상 속에서 어느 것이 옳고 그른 것인지 판단할 수 있는 슬기로운 지혜와 지식을 평생 습득하면서 올바른 중도의 길을 선택해 나가는 것이다. 또한 정치적·제도적 변화에 크게 흔들리지 않고, 당당하고 꿋꿋하게 소신대로 맡은 바 의무와 책임을 다하고, 현재 숨 쉬고 있음에 감사하는 마음으로 지금 마음껏 즐기며 행복하게 살아갈 수 있는 길을 찾아가는 것이다.

열린 만남으로
꿈과 희망을 성취하자

좋은 인연은 아주 먼 곳에만 있는 것이 아니라 일상생활 속에서 얼마든지 찾을 수 있다. 우리가 만나고 싶은 스승이나 친구는 가까운 곳에서 우연히 마주쳤음에도 불구하고 이들을 분별하는 식견과 지혜가 없거나 부족해 이를 받아들일 준비가 되어 있지 않아 그냥 지나쳐 버리는 경우가 많이 생긴다. 그러므로 언제든지 내 마음을 먼저 활짝 열어 놓고 때와 장소, 남녀노소를 구별하지 말고 이들을 만나면 바로 알아보고 받아들일 식견을 평상시에 공부하고 준비해서 유익한 만남의 기회를 놓치지 않도록 해야 한다. 아름다운 꿈과 희망을 성취해 나가는 과정에 즐겁고 행복한 삶을 계속 유지할 수 있는 것은 수많은 사람과의 인간관계에 달려 있다. 즐겁고 행복한 삶을 만들기 위해서는 자신의 사고방식, 생활 양식, 습관 등이 새로운 시대에 맞지 않는다면 과감히 타파하고, 현실에 맞는 옷을 수시로 제때 갈아입을 수 있는 용기를 가지고 있을 때 가능하다. 내가 먼저 변하지 않고 타인이나 주변 환경이 변해 주길 바란다면 행복은 영원히 물 건너간 것과 같다. 세상은 나만을 위해 결코 존재하지 않는다는 것을 빨리 인식하는 것이 행복의 지름길이다.

모든 현상은 대부분 시간의 순서에 따라 앞서 일어난 결과로 인해 뒤에 일어난 사건의 원인으로 작용한다. 어떤 특수한 현상은 정신적·심리적·물질적이든 과학적으로 입증이 불가능한 기적과 같은 경우도 간간이 생긴다. 상식 수준에서 알려진 일반 현상은 대다수 의견에 따라 만들어 낸 것이 대부분이므로, 각 개인이 바라보는 시각이나 관점에 따라 매우 다르게 나타날 수 있다. 우리에게 잘 알려진 색깔, 칼날, 강철 등을 엑스-레이, 정밀 현미경 등 첨단 과학 기기로 자세히 확인해 보면 실제 물건과 사뭇 다르다는 것을 알 수 있다. 눈으로 인식하는 색깔은 보는 사람이 색맹이냐 아니냐에 따라 검정색, 빨간색, 청색 등으로 다르게 보인다. 날카롭다고 생각되는 면도날도 정밀 현미경으로 보면 울퉁불퉁한 면을 가지고 있고, 단단한 철공도 엑스-레이로 촬영해 보면 수많은 공간이 존재하는 것이다. 그래서 상식으로 알고 있는 일반 현상은 다른 시각이나 관점에서 정밀하고 세밀하게 살펴보면 미세한 원소와 원자들이 조합된 다른 형상으로 나타난다. 이것을 더욱더 세밀하게 하나하나 해체해 분석하면 초미세한 소립자로 변해 아무것도 아닌 것이 된다. 불교에서는 이것을 공(空)이란 개념으로 사용하여 불변하지 않는 실체는 없다고 주장한다. 모든 사물의 명칭과 정의는 인류가 만들어 낸 결과물로서 만인에게 공평하게 만들어진 것이라고 명확하게 확정 지을 수 없다. 그러므로 모든 사물을 다른 측면으로 다양하게 평가하거나 정의할 수 있고, 잠시도 고정되어 있지 않고 변한다는 것을 알아야 한다.

탄생은 불가사의한 인연의 연속

인간은 가까운 친인척과 인연을 맺고 공동체 생활을 배우면서 학교, 직장, 사회, 국가, 세계로 인연의 폭이 점진적으로 넓어진다. 사회적 확장성은 구성체의 빠른 변화에 따라 또는 자신의 활동 반경 폭에 따라 만남 폭이 달라진다. 우리가 혈기 왕성하게 집중적으로 일할 수 있는 기간은 부모의 도움 받아 기초 학문과 지식을 넓히는 학창 시절을 제외하면 대략 50년 내지 70년을 넘기기 어렵고, 소중한 꿈과 희망은 아무리 열심히 추진해도 모든 것을 다 성취할 수 없다. 이것이 인간의 한계점인 것이다. 그럼에도 불구하고 다른 사람보다 더 넓고 더 높게 설정한 소중하고, 원대하고, 아름다운 꿈과 희망을 성취하기 위해 온갖 모험을 극복해 내며 살아가는 것이 삶이다. 우리가 존재하는 것은 자연적·인공적으로 만들어진 주변 상황이 어떻든 모든 현상을 슬기롭고 지혜롭게 헤쳐 나가는 식견을 배우고, 매일 바뀌는 새로운 환경을 인내와 끈기로 잘 이겨 내며 살아왔기 때문이다. 보통 사람이 평균 90세(2025년 기대 수명: 84.5세)까지 산다고 가정한다면, 대부분 3단계를 거치면 살아간다. 1단계(0~30세)는 유아기와 청소년기를 부모와 친인척 등의 보호를 받으며 어떻게 사는 것이 바람직한 것인지 배우는 시기이다. 이때에는 가정, 학교, 주변 사람, 책 등을 통해 원대하고 아름다운 꿈과 희망을 설계하고 많은 식견과 경험을 쌓아 가는 시절이다. 2단계(30~60세)는 자기 스스로 선택한 직업과 직장을 가지고 학창 시절에 배우고 갈고닦은 학식과 경험을 적극 활용해 다양한 사람과 인연을 맺어 인적 네트워크를 넓혀 나가는 시기이다. 또한 사회적 존재감을 향상시키고 자신, 가족, 직장, 국가에서 원하는 자아 성취, 꿈, 희망, 목표 등을 원하는 시기에 맞춰 하나둘씩 혈기 왕성하게 실현시켜 나가는 시절이다. 3단계(60~90세)는 건전한 정신과 건강한 육체를 가지고 있을 때 기약 없는 미래에 대한 이상적 생각, 노쇠로 인해 이루기 어려운 불필요한 욕망을 과감히 놓아 버리는 시기이다. 그동안 살아오면서 일궈낸 성과물은 현재 수준에서 만족하고, 그 성과물을 잘 다듬고 보완해 구술이나 책 등을 통해 후손에게 유산으로 남겨 우리보다 훨씬 더 나은 좋은 미래로 진보·발전해 나갈 수 있도록 정리정돈하며 마무리해 나갈 때이다. 결국 우리가 태어난 곳이 선진국·중진국·빈민국 어디든 스스로 독립해 자립할 수 있을 때까지 부모 등 주변 사람의 도움을 받은 것을 공통분모(A)라 하고, 평생 자신이 성취한 성과물을 분자(B)라 가정한다면, 힘들고 어려운 여건에 놓였던 사람이 노력해서 얻은 기쁨, 희망, 행복감(B/A)은 훨씬 더 커진다. 그러므로 흙수저에서 은수저, 은수저에서 금수저로 발돋움해야 하는 사람일수록 소소하지만 소중한 꿈과 희망을 절대 포기하지 말고 천명이 다할 때까지 인내와 끈기로, 근면 성실한 자세로, 자부심과 자신감을 갖고 원하는 목표를 조기에 달성할 수 있도록 슬기로운 지혜를 갖추는 데 최대한 성심성의껏 노력해 나가는 것이다.

탄생은 불가사의한 인연의 연속

5. 모두가 하나, 하나가 모두 되는 자연 현상

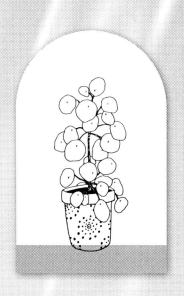

좋은 인연으로
꿈과 희망을 성취하자

인간은 성장하면서 자연 속에 존재하는 만물과 함께 각각 다른 환경 영향을 받으며 살아간다. 누구든 직위, 직책, 권위, 명예, 재물 등 자신이 원하는 목표가 다르고, 성취하고자 하는 욕망 역시 끝이 보이지 않겠지만 어느 분야든 최고 정상은 오직 하나만 있는 피라미드 형태의 계층 구조로 사회 공동체가 형성된다. 모두가 여기저기, 이곳저곳 가릴 것 없이 더 높은 위치에 앉고 싶고, 더 많이 가지기를 원하고, 남보다 더 많은 행복과 즐거움을 누리기 위해 밤낮 가리지 않고 주·월·년간 계획을 수립하여 열심히 살아가는 것이 현실이다. 또한 자신이 원하는 꿈과 희망을 얻기 위해 죽을힘을 다하지만, 계획한 대로 원하는 목표를 다 얻을 수 없고, 모두가 최고 정상에 앉을 수도 없는 것이다. 조직과 개인의 목표는 평생 먹고 자는 시간을 제외하고 공부하고, 일하고, 취미 생활 하면서 촌음(寸陰)을 아끼고 아껴 써야 원하는 시기에 성취할 수 있는 것이 현실이라 하루도 정신적·육체적·심리적으로 편할 날이 없다. 이런 과정에 매일 이어지는 많은 인연을 어떻게 선택하느냐에 따라 인생을 역전시키느냐, 악의 소굴로 떨어지느냐 갈림길에 들어서기도 한다. 유능한 지도자를 잘 선택하면 천재나 수재가 아니더라도 자신의 역할을 충실히 실행하면서 조직, 사회, 국가에 좋은 성과물을 만들어 찬란한 빛을 볼수 있다. 사리 판단이 부족하고 이기적인 지도자를 잘못 만나면 천부적 재능과 역량을 어떤 나쁜 방향으로 사용해 구성원으로부터 신뢰와 신임을 잃고, 어느 순간 그들로부터 따돌림 또는 배신을 당해 처량한 신세를 면치 못하는 경우도 생긴다. 매일 얼굴을 맞대고 부담 없이 만나는 사람도 만나면 만날수록 행복하게 만들거나 불행하게 만들기도 한다. 그래서 이들을 자주 만나는 것이 좋은 일인지, 나쁜 일인지 걸러 내고 가릴 줄 아는 식견과 슬기로운 지혜를 갖추기 위해 요람에서 무덤까지 밤낮으로 공부하는 것이다. 남보다 많은 지식을 쌓아 좋은 학교, 직업, 직장, 취미를 찾는 이유도 여기에 있다. 자신의 역량과 재능에 맞는 직업으로 좋은 인연을 만들어 가며 서로 평화롭고 편안하게 잘 살아갈 수 있는 방법을 찾는 데 백방 노력하지만, 마음먹은 대로 진행되지 않는 것이다. 누구든 현재보다 더 나은 미래와 원하는 꿈과 희망, 목표를 조기에 성취하기 위해 많은 유익한 인연을 맺을 수 있도록 오늘도 최선을 다해 살아가는 것이다.

인류 보전을 위해
배우고 실천하는 자세

우리는 지구에 존재하는 모든 만물을 다스리는 존재로서 가장 뛰어난 영묘한 능력과 두뇌를 갖추고 있다고 자부한다. 인류가 계속 진화하고 발전할 수 있었던 것은 관습, 문화, 문명 등 옛 전통을 구술, 책, 유전으로 전수받으면서 현대에 맞지 않는 구습을 타파하고, 우수한 두뇌로 새로운 문물을 받아들이고, 끊임없이 주변 환경을 개선하고 보완하며 후손을 유지시켜 왔기 때문에 가능했던 것이다. 개인이든 국가든 현재 존재하는 선악을 구별하고 모방하고 조합하여 새로운 것을 창조하기 위해, 기름진 영토를 선점하기 위해, 지금보다 더 살기 좋은 주변 환경을 조성하기 위해 적당한 스트레스를 받으며 중도의 길을 찾아왔다. 중요한 것은 인류 보전을 위한 생존 경쟁 속에서 찾아낸 중도의 길이 전 인류와 자연에 도움이 되는 것이냐, 아니냐에 따라 진보와 파멸의 길로 갈라지는 것이다. 따라서 우리는 최첨단 신기술을 개발하여 유익한 곳에 사용하고 잘 활용할 줄 알아야 한다. 예를 들어, 핵분열(원자폭탄, 원자력발전), AI 로봇, ChatGPT 등을 앞으로 어떻게 개발하고 사용하느냐에 따라 인류 존폐 여부가 달려 있다. 지속 가능한 인류의 미래 보장은 높은 양심적 마음 자세와 도덕적 생활 양식을 갖고 끊임없이 노력하는 습관을 일상 덕목으로 삼고 살아가는 과학기술자, 지도자가 폭력이나 전쟁 등 나쁜 마음을 갖고 살아가는 악한 사람보다 훨씬 많아져야 가능한 것이다.

인간은 다른 생명체와는 달리 지구에 존재하는 모든 언어 또는 사물에 대한 용어, 성격, 특징, 기능 등에 대한 개별 명칭을 규정해 놓고 이를 근간으로 모든 행위를 판단하고 분석하여 자유롭게 실천하고 행동한다. 자유로운 행위는 타인의 구속을 받거나 얽매이지 않고, 자기 마음대로 행동하는 일로 주변으로부터 일어나는 동요에 흔들림 없이 오로지 자신의 선택에 따른다. 우리는 자유롭게 선택해 행하는 선악을 주변의 온갖 유혹을 물리치느냐, 이에 굴복하느냐, 자신의 의지에 따라 중도의 길을 가느냐에 따라 삶의 방향이 다르게 전개된다. 선한 사람은 희생과 봉사 정신으로 타인을 먼저 생각하고, 배려해 주고, 포용하는 생활을 기반으로 말하고 행동한다. 악한 사람은 자신의 이익을 먼저 생각하고, 타인은 안중에 없고, 자신에게 만족감이 느껴지면 어떤 악한 행동이나 못된 말을 하더라도 죄의식 없이 그대로 행한다. 대다수가 원하는 삶은 개인적 가치와 사회적 공동 가치를 동시에 추구하면서 상호 이익에 도움이 되도록 생각하고 행동하는 삶을 살아가야 밝은 미래를 기약할 수 있다. 직업이 어떤 것이든 자신이 배운 만큼 역량과 재능을 발휘하여 이기적인 측면으로 너무 편향되지 않고 중도를 지키며 말과 행동을 자유스럽게 행하고 있다면 모나지 않고 둥글게 잘 살고 있는 것이다. 인류는 원시 유인원으로부터 시작하여 수백만 년 동안 수십억 번이 넘는 인종 간 성행위를 통해 선한 사람, 악한 사람, 선과 악이 섞인 사람 등 다양한 사람을 만들어 냈다. 즉, 예수, 석가모니, 성 프란치스코, 베토벤, 아리스토텔레스 등과 같은 위대한 성인, 작곡가, 철학자 등을 탄생시켰고, 반면에 히틀러, 폴 포트, 안드레이 치카틸로, 잭 더 리퍼 등과 같은 보통 사람이 범접할 수 없는 악인, 학살자, 살인마 등을 탄생시키기도 했다. 이들은 보통 사람과는 달리 몸과 마음이 특별나게 강인하거나 악독하게 성장하면서 수많은 인간에게 크나큰 영향을 끼쳤고, 세계 역사를 바꿔 놓기도 했다. 이들 이외에도 세계사에 기록되지 않거나 특별나게 부각되지 않았지만, 보통 사람 역시 세계 인류의 진보·발전에 어떤 역할을 분명히 관여해 왔기 때문에 지금과 같은 21세기 최첨단시대가 존재하는 것이다. 세상에서 가장 이성적이고 합리적으로 분별할 줄 아는 지혜로운 사람은 일상 속에서 어느 것이 선하고 악한 것인지 분석하고 판단하는 식견과 슬기로운 지혜를 평생 끊임없이 배우고 실천하는 사람이다.

세상은 서로 다른 인종·국가·지역 사람과 복잡하게 얽힌 인연으로 구성되어 있기 때문에 수시로 우리의 마음과 감정을 자극한다. 때로는 기쁨, 환희, 행복 등 즐거웠던 관계가 어느 순간에 슬픔, 짜증, 불행, 우울증 등으로 변하게 만들어 고통과 고뇌에 빠지게 만든다. 다양한 사람과 맺어지는 인연은 사회 공동체 속에서 무수히 많은 사건으로 희비애락이 교차되므로 사사건건 일비일희하지 않도록 마음과 감정을 다스리는 훈련을 평상시에 계속해 나가야 한다. 우리의 존재는 세상 속의 다양한 사람과 함께 존재해야 하므로 자신만의 시간을 효율적으로 사용하기도 쉽지 않다. 이뿐만 아니라 오묘한 자연 속에 존재하는 자연 물질과 관계를 맺고, 자연생태계가 파괴되지 않도록 함께 평화롭게 살아가는 방법도 배워 나가야 한다. 특히 인간관계에 있어 갈등과 분쟁을 일으키지 않고, 시간을 효율적으로 사용하기 위해서는 각자 해야 할 일을 잘 구분해 서로 너무 지나치게 타인의 일에 간섭하여 분쟁과 갈등을 유발하지 않도록 노력하는 것이다. 이것이 유한한 삶을 즐겁고 행복하고 보람차게 살아가는 지름길이다.

즐겁고 행복한 삶을 위한
절제력 강화

매일 맞이하는 일상사는 보통 두 가지 형태로 나타난다. 하나는 모든 일에 즐겁고 행복한 마음을 갖고 긍정적·낙천적으로 생각하고 말과 행동을 실천하는 것이고, 또 하나는 불만이 가득한 불편한 마음을 갖고 부정적·비관적으로 말하고 행동하는 것이다. 긍정적이고 낙천적으로 맞이하는 일상사는 어렵고 힘든 일이 닥쳐도 시간이 흐르면 조금씩 해결되어 가는 모습을 상상하며 생활한다. 어린아이가 수학·과학·영어 문제를 잘 못 풀어도 국어, 미술, 체육 등 다른 분야는 잘할 수 있다는 기대감, 남들이 선호하는 우수 대학이나 좋은 직업을 가지 못해도 자기 수준에 맞는 학력으로 기본 의식주를 해결하는 직업을 찾을 수 있다는 자신감, 대저택이나 넓고 비싼 아파트는 아니지만 가족과 함께 생활하는 데 불편이 없고 비, 눈, 태풍을 막아 줄 거처를 조금씩 나은 곳으로 옮길 수 있다는 희망에 대한 행복감, 부담스러운 취미 생활이 아니라 수준에 맞는 다양한 취미 생활을 하는 것에 대한 즐거움, 자신이 종사하는 분야에서 일등은 아니지만 어떤 여건에서든 당당하고 떳떳하게 살아갈 수 있다는 자부심 등을 떠올린다. 행복감은 비싸고 거창한 일시적인 강도가 아니라 행복지려고 노력하는 가운데 얻어지는 소소한 즐거움과 기쁨의 빈도가 많아질수록 증가하는 것이다. 일상 속에서 행복하고 즐거움을 주는 일을 자세히 찾으면 찾을수록 상상외로 주변에 많이 널려 있다. 반복되는 일상 업무를 잠깐 벗어나 취미 생활에 관심을

탄생은 불가사의한 인연의 연속

갖고 관련 인터넷 사이트를 검색해 보면 다양하고 소소한 취미거리가 많이 있다는 것을 알 수 있다. 부정적이고 비관적으로 맞이하는 일상사는 학교 수업 방식에 대한 불만, 재능에 맞지 않은 직업에 대한 불만, 말을 안 듣고 제멋대로 행동하는 자녀에 대한 불만, 서민을 돌보지 않고 당리당략에 치중하는 정치 행태에 대한 불만, 불친절하고 빨리 처리해 주지 않는 민원 처리 불만, 불공정한 언론, 소음과 다툼을 일으키는 주변 이웃과의 갈등, 불공정하고 불평등한 사회 복지 제도 등을 떠올린다. 불만과 불쾌감을 주는 행위도 일상 속에서 수없이 일어나는데, 이를 밥 먹듯 불만스러운 말과 행동으로 자주 표현하는 사람이 있다. 이로 인해 짜증과 불만이 계속 쌓여 간다. 우리는 이 두 가지 중 어느 것이 좋은지 잘 알면서도 현실 속에서 해결 방법을 찾지 못해 갈팡질팡하고, 고통과 번뇌가 수시로 일어나므로 항상 정신이 혼란스럽다. 매일 생활하는 현장에서 한 발 물러나 싸우고 다투면서 미워하는 것보다 너그러운 사랑으로 포용하고, 욕심과 욕망을 조금씩 덜어 내고, 남이 잘되는 것을 질투하는 마음보다 칭찬해 주는 마음을 수시로 배워 나간다면 매일 평온하고 맑은 정신으로 생활할 수 있을 것이다. 우리가 스스로 선택해 생활하는 곳이 가장 편안한 장소가 되도록 내가 먼저 솔선수범하여 고운 말과 선한 행동으로 실천해 나가는 것이 바람직한 생활 방식이다. 조금 시야를 넓혀 조직, 사회, 국가에서 일어나는 일도 가능한 부정적이고 비판적인 측면보다 긍정적이고 낙천적인 측면으로 접근해 나간다면 훨씬 더 편안한 마음으로 사회생활을 할 수 있을 것이다. 세상에는 빈부 격차, 기아, 온난화, 기후 변화, 전쟁, 폭력, 테러, 학살, 납치, 정치, 경제, 교육 문제 등 해결해야 할 과제가 여기저기 산적되어 있다. 이를 해결하기 위해서는 각자 타고난 역량과 에너지를 건전한 방향으로 집중해야 가능하다. 바람직하고 보람찬 삶의 최종 목표는 나만이 아닌 모두가 편안하게 잘 살 수 있는 주변 여건을 만들어 나가는 것이다. 모두가 성인(聖人)이 아니기 때문에 이타적인 생각보다 이기적인 생각으로 행동하는 경우가 많다. 무한 생존 경쟁에서 살아남기 위해서는 평상시에 건강한 육체와 건전한 정신을 갖고, 안전한 주거 시설을 갖추고, 변화무쌍한 자연 환경 변화에 적응할 수 있는 첨단 과학 기술과 의료 기술 등에도 관심을 갖고 이를 적극 활용할 줄 알아야 한다. 우리는 자연적·사회적·물질적 현상이 좋든 나쁘든 다양한 분야의 세상 만물과 유익한 인연을 맺고 평생 갈고닦은 지식, 지혜 등을 활용해 수많은 문제와 갈등을 잘 해결할 수 있는 방법을 찾아가며 사는 것이다.

우리가 진정 원하는 삶은 물질적 이익·혜택·편리함만 추구할 것이 아니라 정신적·도덕적 양심을 갖고 자유롭게 행동하며 타인에게 불편과 부담을 주지 않는 마음 자세를 갖추도록 만들어 가는 것이다. 또한, 일시적이고 한시적인 육체의 외적 만족에만 치중하는 것보다 영구적 보존이 가능한 마음의 내적 만족에 더 많이 노력을 기울이는 것이다. 그래야 단순한 동물과는 확실히 격이 다른, 고귀하고 품위를 갖춘 인간으로 계속 진보·발전해 나갈 수 있다. 사회적 인물로 성장해 나가는 가운데 나보다 나은 너와 같은 인간이 되도록 노력하고, 나와 네가 우리라는 공동체를 형성하여 지금보다 훨씬 합리적이고 이성적인 평화로운 사회를 리드해 나가기를 바라는 것이다. 우리가 원하는 지도자는 최빈민국, 개발도상국, 선진국 구분 없이 각 국가에 맞는 문화와 관습에 따라 편안하게 생활하면서 개개인의 창의성을 최대한 발휘해 과학, 기술, 경제, 정치 등을 지속적으로 개발하고 발전시켜 모든 국민이 안전하게 수명을 연장해 나갈 수 있는 평화로운 사회 공동체를 만들어 가는 사람이다. 이들을 중심으로 전 세계의 1~10%에 해당하는 부자에게 유리한 경제 개발 정책이 아니라 90% 이상의 보통 사람이 자연과 함께 안전하고 편안하게 생활할 수 있는 정책을 펼칠 수 있는 현명한 지도자를 잘 선정해야 한다. 그러기 위해서는 자신이 먼저 시대와 현실에 맞게 변하면서 소속된 조직과 국가 시스템이 변화하도록 요구해 보고, 변화가 없으면 지도자를 바꿔 새로운 인물로 교체되도록 유도하는 것이다. 그래도 안 되면 새로운 조직이나 국가가 들어서게 만드는 것이다. 이것은 나 혼자만 변한다고 이루어질 수 있는 일이 결코 아니다. 하지만 각 개인이 조금씩 변해 간다면 언젠가 실현될 것이라는 가능성을 믿고 살아가야 하는 매우 중요한 과제이다. 바위에 계란을 던지는 무모한 행위일지라도 주변에서부터 아주 천천히 전파되어 나와 너, 조직, 국가, 세계로 점점 넓어져 세상이 평온하고 평화로운 환경으로 변할 수 있다는 신념을 갖고 살아야 인류가 영속적으로 진화하고 발전해 나갈 수 있다.

한평생 만나는 다양한 인연은 폭력과 행패를 부리는 악한 마음보다 평화와 안정을 추구하는 선한 마음으로, 이기적인 생활 양식이 아니라 이타적인 생활 양식으로, 증오하거나 다투기보다는 용서하고 화해하는 분위기로, 인권 탄압이나 침해를 범하기보다 자유와 평등을 보장하며 인간의 존엄성과 고귀함을 먼저 생각하는 관계로 발전해 나가도록 노력해야 한다. 이 과정에서 사상과 철학이 다른 사람들과 소통하고 대화를 나누면서 뜨거운 우정과 사랑이 담긴 인간관계를 지속적으로 맺어 가는 일은 그리 쉽지 않다. 그렇지만 자신의 위치에 걸맞는 선한 행위 한두 개씩 평상시에 실천하겠다는 마음 자세를 갖고 자신부터 솔선수범한다면 주변 사람으로부터 인정받아 자신이 원하는 방향으로 따라 주는 사람이 하나, 둘, 셋······ 점점 늘어나 폭넓게 확산될 것이다. 만남이라는 것은 너와 내가 한 마음이 되어 모든 일에 자신감과 희망을 가질 수 있도록 서로 격려해 주고 도와주는 관계로 발전해 나가야 한다. 좋은 만남은 주변 이웃에게 믿음을 주고, 자신부터 말과 행동을 조심하여 사랑하는 사람이 항상 옆에 있도록 공을 들여 마지막 순간까지 동행할 수 있게 만들어 가는 것이다. 인간은 많은 식견, 경험, 지혜를 쌓아 온 정열과 에너지를 한 곳으로 집중해 자기만의 규율을 만들어 놓고, 좋은 인간관계를 만들 수 있도록 관용을 베풀고 포용하며, 끈기, 인내, 근면, 성실을 기본으로 아름답고 원대한 꿈과 희망을 성취하기 위해 최선을 다하는 것이다. 자신의 능력을 초과하는 욕망은 어느 시점에서 과감히 내려놓는 절제력을 발휘하는 노력도 필요하다.

평상시에 일어나는
다양한 인과 관계

인간관계뿐만 아니라 일상에서 평상시 자주 접하는 책, 옷, 음식물, 주택, 생활용품, 가전제품, 꽃, 나무, 곤충, 새, 물고기, 개, 돼지, 바다, 강, 산, 흙, 물, 공기 등 모든 물질, 물체와도 평생 다양한 인과관계를 맺고 살아가야 한다. 인연은 유아기, 청소년, 중장년, 노년 시기별로 좋고 나쁜 인연으로 엎치락뒤치락하며 끊임없이 변해 간다. 인공적·물질적인 것은 자신의 호불호에 따라 마음에 들지 않거나 정이 들지 않으면 일시적 만남으로 잠깐 즐기거나 사용하다 끝내고 새로운 것으로 바꾸거나 폐기 처분 하기도 한다. 자연스럽게 생성된 풍경, 신념 등은 평화롭게 공생·공존할 수 있는 주변 여건을 함께 조성해 나가야 하므로 쉽게 정리할 수 없다. 어느 시기에 거주하거나 방문했던 장소 중 추억이 많이 담겨 있는 자연 풍경은 쉽게 잃어버리지 못하고 가슴속 깊이 간직해 두었다가 시간이 흘러 물질적·정신적·시간적 여유가 생기면 다시 한번 찾아가고 싶은 감정이 남아 있어 다시 찾는다. 자신의 재능과 기질에 맞는 일상 과제가 어떤 이유로 중간에 중단되었다면, 언젠가 모든 문제가 해결되어 좋은 기회가 찾아오면 다시 한번 추진해 보고 싶은 마음이 되살아나 재도전하기도 한다. 이런 현상은 전생에 자신과 어떤 특별한 인연이 깊게 맺어져 있기 때문이 아닌가 생각한다.

자신의 코드와 맞는 생활용품은 여러 번 이사하면서 짐을 싸고

풀 때마다 버릴까 말까 고민하다가 무슨 정이 깊이 들었는지 새로 이사한 집 어느 한곳에 재배치해 계속 사용한다. 신혼살림 하면서 구입한 장롱·화장대·선풍기·에어컨 등은 수십 년 동안 사용하다가 내다 버리기도 하고, TV 받침대, 도자기 식기 세트, 공구 세트 등은 여전히 3-40년 넘게 계속 사용한다. 젊은 시절 취미 생활로 사용하던 테니스 장비, 탁구 라켓, 낚시 도구, 골프 세트 등도 손에 오랫동안 익숙해진 관계로 쉽게 버리지 못하는 경우도 있다.

평상시에 특별한 약속이 없는 날이나 주말에 뒷동산, 공원, 강변 등 오솔길을 산책하며 꽃, 산새, 나무, 숲, 이끼, 바위, 계곡물 소리, 태양, 구름 등 자연물과 다양한 관계를 맺으며 살아간다. 아파트 베란다, 앞마당, 공터 등에는 상추, 고추, 파프리카, 치커리, 방울토마토, 배추, 시금치 등 채소 씨앗을 뿌려 봄부터 가을까지 신선한 유기농 채소를 수시로 가꿔 먹고, 채송화, 분꽃, 해바라기, 봉숭아꽃, 맨드라미, 개나리, 철쭉, 국화, 장미, 목련 등 각양각색 꽃을 심어 향기로운 꽃내음 맡으며 힐링하고, 간간이 꽃봉오리에 담긴 꽃 즙을 찾아드는 나비, 벌, 새 등과 교감을 나누며 즐거움을 만끽하는 것이다.

우리는 태어나는 순간부터 수많은 사람과 인연을 맺고, 타고난 천성을 마음껏 발휘하며 열심히 자신의 의지대로 원하는 일 모두 다

탄생은 불가사의한 인연의 연속

해 보며 산다. 또한, 모든 자연물과 좋은 관계를 유지하며 오랫동안 이 세상에 머물면서 평화롭고 평온한 오늘을 맞이하며 삶의 의미를 찾아가는 것이다.

영국 작가 제인 구달이 아프리카 탄자니아 곰베에서 평생 침팬지와 함께 생활하며 저작한 『희망의 이유』에서 "침팬지와 비비…… 셀 수 없이 무수한 별과 태양계의 행성들은 하나의 전체를 형성한다. 모든 것은 하나이며, 모든 것은 거대한 미스터리의 일부분이다. 그리고 나 역시 그 일부이다."라고 했다. 또한, 동물·인류학자이면서 환경운동가인 그녀가 이 세상에 태어난 이유는 곰베에서 얻은 사랑, 우정, 생존 전쟁, 희망 등 인간과 자연의 경험을 타인에게 희망의 메시지를 전달하기 위해서라는 생각이 자주 든다고 했다. 그러면서 최근까지 고령에도 불구하고 세계 곳곳에서 환경 보호·보전의 필요성을 강연하면서, 인간과 자연이 공생·공존하는 데 불필요한 장애물을 제거하기 위해서는 희망적인 생각이 아닌 실질적 행동하는 것이라 강조하고, 침팬지 등 많은 동물을 연구 실험으로 학대하며 저지르고 있는 인간의 잔인한 행동 때문에 느끼는 죄의식을 조금이라도 씻으려고 부단히 노력하고 있다고 기술하고 있다.

모두가 하나로,
하나가 모두로 변한다

우주는 천문학에서 사용하는 거리 단위 광년(光年)으로 직경이 대략 930억광 년 정도 된다. 이 거대하고 광대한 우주 공간에는 수많은 행성, 별, 은하, 에너지, 기타 물질이 존재한다. 태양은 수천억 개의 은하 중 하나이다. 최첨단 과학 기술에 의해 밝혀진 바에 의하면, 지구는 태양을 중심으로 움직이고 있는 행성 8개(수성, 금성, 지구, 화성, 목성, 토성, 천왕성, 해왕성) 중 하나이다. 지구에 존재하는 물·불·흙·공기 4개의 원소가 마름·젖음·따뜻함·차가움이라는 성질이 서로 합쳐지고 분해되는 과정을 거치면서 여러 가지 원자가 조합되어 모든 물질이 만들어지고, 이들과 어떤 형태든 서로 인과관계가 형성된다. 화학적 관점에서 보면 원자는 물질의 개수를 나타내고, 원소는 물질의 종류를 나타내는 것이다. 예를 들면, 한 바구니에 사과 3개와 배 3개가 들어 있다고 가정하면, 과일 바구니는 2종류의 원소와 6개의 원자로 구성되는 것이다. 이와 같이 지구에 존재하는 모든 물질은 서로 만나 상호 작용 하여 새롭게 태어나기도 하고, 어느 순간 없어지기를 반복하며 진화한다. 우주 만물은 끊임없이 변천하여 한 모양으로 결코 머물러 있지 않고 모두가 하나로 분리되기도 되고, 하나가 모두로 합쳐지기도 하는 것이다. 인간 역시 다른 물질과 마찬가지로 어느 날 태어나서 주변에 존재하는 모든 것과 인연을 맺고 살다가 때가 되면 인연을 끊고 분해되어 자연 속으로 사라진다. 남녀가 결합해 또 다른 후손을 탄생시키고, 죽음을 맞이하는 과정을 반복하며 진화하고 발전해 나가다가 수십억 년이 지난 먼 훗날 언젠가 인류도 지구와 함께 소멸된다는 빅뱅우주론도 무시할 수 없다.

자연친화적 인성을 갖춘 위대한 성인 또는 수도자는 인간을 포함한 모든 물질의 오염되고 병든 것을 자신 몸으로 받아들여 맑고 신선한 물질로 정화하고 재생시켜 거대한 자연 속으로 되돌리겠다는 희생과 봉사 정신이 몸에 배도록 평생 노력한다. 보통 사람은 맑고 신선한 공기를 들이마시고, 병들고 오염된 공기를 자연 속에 내뱉으면 자연 순환 원리에 따라 자연스럽게 만물이 정화된다는 생각을 갖고 생활한다. 즉, 천지 기운이 내 기운이 되고, 내 기운이 천지 기운이 되고, 천지 마음이 내 마음이 되고, 내 마음이 천지 마음으로 동화되는 것과 같이 모두가 하나로, 하나가 모두로 모이는 자연 현상에 적응해 가며 살아가는 것이다. 인간은 모든 인공·자연 물질과 맺어진 헤아릴 수 없는 인연이 유익한 관계로 지속되도록 새로운 기술·물질 등을 개발하여 사용하고, 이런 가운데 일어나는 자연 현상은 그대로 인정하고 받아들이며, 모든 물질과 물체가 각기 저마다 본연의 역할을 제대로 작동할 수 있도록 유도하면서 우주 속에서 서로 협력하며 살아가는 것이다.

탄생은 불가사의한 인연의 연속

6. 살아 숨 쉬고 있음에
감사하는 삶

유한한 삶에 필요한
정신적·도덕적 교육

인생은 육신을 가지고 아름답고 희망찬 꿈과 희망을 성취하기 위해 열심히 살아가지만, 세월이 흘러가면 짧다는 것을 느낀다. 이 순간 우리는 건전한 맑은 정신에 신선한 공기를 마시고 있음에 감사하며 알차고 보람찬 삶의 의미와 가치를 찾기 위해 더욱더 에너지를 쏟아붓는다. 삶의 과정은 누군가에겐 희망, 기쁨, 자유, 존엄, 권위, 명예 등 풍요로움과 행복을 부여하지만, 또 다른 사람에게는 상실, 슬픔, 속박, 절망, 차별, 소외 등으로 몸과 마음이 아리고 쓰린 현상을 떠올리게 만들기도 한다. 세상사는 불가사의한 일로 뒤범벅되어 얽히고설켜 요지경 같아 신비하고 묘한 일이 수시로 일어난다. 따라서, 육체가 조금이라도 건강하고 정신이 맑을 때 올바르고 선한 행동과 덕담을 주변에 많이 해 주도록 서로 노력해 좋은 인연으로 한정된 삶을 풍요롭고 편하게 만들어 가야 한다.

자연은 끊임없이 변하듯 우리 일상도 행복하고 즐거운 날만 있는 것이 아니라 불행하고 슬픈 날로 마음과 감정을 자극하며 매 순간 변한다. 삶에 대한 애착은 매일 수많은 관계를 맺으며 살아가는 동안 주변 사람의 뜻하지 않은 갑작스러운 불의의 사고를 접하게 되면 더 많이 갖게 된다. 자동차, 비행기, 철도, 선박, 산업 재해 등 불의의 사고로, 지진, 태풍, 화산 폭발, 기후 변화, 전염병 등 자연재해로 세계 곳곳에서 많은 사람이 다치거나 죽는 뉴스를 보고 듣는 순간

탄생은 불가사의한 인연의 연속

더욱더 이를 실감한다. 어찌되었든 인간은 동물적 생존 감각을 갖고 자연적·인공적 모든 재해를 견뎌 내며 살아남기 위해 온 힘을 다해 살아왔고, 앞으로도 특별한 일이 없는 한 조금 더 오래 살기 위한 몸부림은 계속될 것이다.

　삶의 존재 가치, 자부심, 자긍심을 갖는 것은 가족과 사회 구성원에게 서로 도움 되는 어떤 일을 추진하고 있기 때문이다. 그러나 어떤 일을 자신만 위해 추진한다면 주변 사람과 평화로운 삶은 결코 꿈꿀 수 없다. 정보 통신 기술 발달로 국경이 없어져 삶 자체가 타인과 치열한 생존 경쟁 관계를 잠시도 벗어날 수 없기 때문에 더욱더 그렇다. 인간이 과다 경쟁을 벗어나 이타심을 갖고 합리적·이성적으로 평화롭게 첨단 과학 기술과 의학 기술을 만들고 이를 유용하게 활용하는 데 집중한다면 너와 내가 편하고 안전하게 살 수 있고, 인류도 영원히 존속할 수 있다. 그러나 누군가 최첨단 기술을 이용해 핵 전쟁, 로봇 전쟁, 우주 전쟁 등을 일으켜 타인에게 정신적·육체적·물질적 피해를 준다면 인류 미래는 기약할 수 없다. 그러므로 세계인은 무모한 전쟁으로 인류가 파괴·멸망되지 않도록 어린 시절부터 정신·도덕·심리 교육을 강화해 이기심보다 이타심을 가진 사람이 많이 양성 배출시키도록 노력하고, 동시에 상시 감시할 수 국내외 시스템을 언제든지 가동될 수 있도록 상호 협력해 나가야 한다.

건강·평온한 삶은
적극적 자세가 필요하다

인간은 태어나자마자 성숙한 어른이 되는 것이 아니라 유아기를 거쳐 초·중·고등학교 학창 시절을 보내면서 성년으로 성장한다. 대부분 초등학생 시절에는 다양한 지식, 지혜, 경험이 부족해 삶의 과정이 고통스럽고, 번뇌로 가득 차 복잡하고 혼란스럽다는 것을 잘 몰라 하루빨리 성년이 되길 원한다. 이들은 다람쥐 쳇바퀴 돌 듯 매일 일정 시간에 맞춰 책가방을 둘러메고 학교·학원에 들락날락하는 규칙적이고 반복적인 생활이 따분하고 지루하게만 느껴지는 것이다. 빨리 성년이 되면 부모, 선생님, 주변 사람의 간섭 없이 자신이 원하는 일 모두 자유롭게 행동할 수 있다고 단순하게 생각한다. 막상 고등학교와 대학교를 졸업해 법률상 완전한 행위가 가능한 성년이 되어 스스로 기본 의식주를 해결하고, 바늘구멍 같은 좋은 직장을 구해야 하는 입장이 되면 삶이 그리 단순하게 전개되는 것이 아니라는 것을 깨닫게 된다. 남녀가 결혼하여 자녀를 갖고 가정을 이루게 된다면 자녀 양육, 교육, 자아 실현, 노후 대비 등 걱정거리가 점점 늘어나는 시점도 다가와 몸과 마음이 더욱 바빠진다. 이때는 부모·형제의 따뜻한 정과 사랑, 선생님과 주변 사람의 가르침 등을 받으며 공부만 잘하면 칭찬받고 용돈 받는 학창 시절이 가장 좋은 시절이었다는 것을 알게 된다. 그러나 세월은 인위적으로 붙잡아둘 수 없어 혈기 왕성한 시절은 금방 지나가고, 나이 속도만큼 빠르게 앞으로 나아가 어느덧 삶을 마무리하는 시점이 목젖까지 다가왔음을 인지하게 된다. 이 시점에서는 평상시 꿈꾸던 것과 달리 인생이 고달프고 먹먹하다는 것을 깨닫고 다시 패기 넘치는 꽃다운 청년 시절로 돌아가 지금보다 더 열심히 멋있게 잘 살아 보고 싶은 것이다. 하지만 흘러간 시간은 결코 다시 되돌릴 수 없다는 것이다. 이것이 자연의 이치이다. 지금 내가 숨 쉬고 있는 이 순간이 가장 최고 좋은 시절이라는 것을 일찍 깨우치고, 폭넓은 식견을 넓히는 학창 시절과 경제 활동이 활발한 중·장년 시절의 금쪽같은 시간을 잘 활용해야 남보다 더 나은 희망차고 보람찬 내일을 꿈꿀 수 있다. 이런 사실을 인지하는 시기가 늦으면 늦어질수록 희망찬 미래를 기대할 수 없다. 삶은 좋든 싫든 순간순간 일어나는 조그만 일련의 과제에 성심성의껏 실천해 나가는 가운데 성취한 성과물이 하나둘 쌓이고 쌓여 현재 내 모습이 만들어지는 것이다. 덥거나 추우면 덥고 추운 대로 바람 불면 바람 부는 대로, 눈비 오면 눈비 맞으며 걷고 사색하며, 현재 있는 그대로 받아들이고, 어떤 일이 자신의 의지와 다르게 진행될 때는 때때로 씹고 뱉어 버리기도 하면서, 오롯이 나의 길을 떳떳하고 당당하게 살아가는 가운데 다듬어지고 가꿔진 것이 현재 내 모습이다. 이 중에서도 평온하고 온화한 모습은 우리 앞에 복잡하게 꼬인 문제와 갈등을 소극적·비관적으로 불평불만 가지며 바로 해결하지 못하고 내일로 미루는 마음 자세보다 오늘 즉시 해결해 나가겠다는 적극적·긍정적 마음 자세가 몸에 배어 있을 때 만들어지

탄생은 불가사의한 인연의 연속

는 것이다.

　미국 작가 헬렌 니어링이 쓴 『아름다운 사랑 그리고 마무리』에서 100세까지 건강하게 살다 평온하게 자신의 의지대로 죽음을 맞이한 남편 스코트는 칠십 대에 노령이 아니었으며, 팔십 대는 노쇠하지 않았고, 여전히 분별 있고, 정확하며, 예민하여 어느 때처럼 강인하고, 책을 읽고 날마다 글을 썼으며, 구십 대에는 망령들지 않는 삶을 살았다고 한다. 삶과 죽음에 대한 깊은 생각은 오래전 1세기에 티아나(Tyana) 마을의 그리스 철학자 아폴로니우스(Apolonius)가 남겼다. 그는 "겉으로 보이는 모양 말고는 어떤 것도 죽지 않는다. 본질에서 자연계로 건너가는 것은 탄생이요, 자연계에서 본질로 돌아가는 것은 죽음처럼 보일 뿐이다. 실제로 창조되거나 사멸하는 것은 아무것도 없으며, 다만 눈에 보이거나 안 보이게 될 뿐이다."라고 했다. 모든 인간은 탄생, 죽음, 사후 영혼으로 이어지는 과정을 거친다. 따라서 에너지가 왕성한 청소년, 중·장년 시기에는 기본 식견과 슬기로운 지혜를 갖추기 위해 열심히 배우고 현장 경험을 많이 하면서 무슨 일이든 한곳에 집중해 근면 성실한 자세로 목표를 향해 최선을 다해 봐야 한다. 에너지가 거의 방출된 노후에는 그동안 쌓아온 성취물 중 정신적·심리적·물질적 유산 서너 가지를 잘 정리해 후손에게 넘겨주는 것이 바람직하다.

살아 숨 쉬고 있어
꿈과 희망이 존재한다

젊은 시절에는 지금 내가 생존해 있다는 자체에 진심으로 감사하는 마음을 가져야 한다. 특히 건전한 정신과 건강한 육체를 가지고 있다면 더욱 그래야 한다. 그 이유는 정신적·육체적으로 불편하여 가정이나 병원 등 어디선가 남들처럼 온전한 육신과 맑은 정신을 가지고 자유롭게 말과 행동을 할 수 있기를 매일 기원하면서 하루하루 살아가는 사람도 많이 있기 때문이다. 건전한 정신, 건강한 육체, 여기에 젊음까지 갖추고 있다면 하늘이 내려 준 행운아라 생각하고, 자신에게 주어진 환경에 따라 학업 성취, 체력 관리, 재정 확보 중 어느 것이 먼저 처리해야 할 과제인지 고민하면서 적극적 자세로 해결 방법을 찾아 나서야 한다. 체력이 건강하고 정신이 맑고 재정 지원이 가능하다면 학업 성취를 빠른 시기에 마치고 원하는 꿈과 희망을 조기에 성취할 수 있도록 최선을 다하는 것이다. 가정 형편이 좋고, 건강하고 정신이 또렷하면 중학생부터 자신에게 잘 맞는 재능·개성 있는 분야를 잘 선택해 기본 실력을 튼튼히 쌓아 부모 세대보다 정신적·물질적으로 훨씬 더 나은 생활이 되도록 노력하는 것이다. 고등학교나 대학교를 졸업한 후에는 학업을 계속할 것인지 산업 현장에서 실전 경험을 쌓아 나갈 것인지 진로 결정을 빨리해 타인보다 유리한 여건을 만들어 가면서 사회에 봉사하고, 공헌할 수 있는 유능한 지도자로 성장할 수 있어야 한다. 반대로 가정 형편이 좋지 않으나 건강하고 정신이 맑은 사람은 특별히 두뇌가 우수해 대학 생활을 장학금·아르바이트 등으로 무리 없이 학업에 집중할 수 있는 여건이 아니라면 공부보다 일단 급한 재정적 기반 구축을 위해 산업 전선으로 뛰어들어 의식주부터 먼저 해결하고, 나중에 필요한 공부를 계속할 수 있도록 기회를 마련하는 것이 순서일 것이다. 삶이란 자신이 원한다고 모든 것을 다 이룰 수 없고, 뜻밖에 원하지도 않던 것이 갑자기 나타나 인생관, 결혼관, 가족관 등 모든 것이 수시로 변해 사뭇 다르게 전개되기도 한다. 어렵고 힘든 여건에 놓인 사람은 언젠가 배고픔을 잃고 여유롭고 자유스러운 행복한 생활이 다가올 것이라는 희망찬 꿈과 희망을 매일 상상하고 상상하며 긍정적·낙천적·적극적으로 살아가야 한다. 비록 사회적으로 크게 두각을 나타내는 위대한 성인은 못 되더라도 보통 사람으로서 행할 수 있는 올바르고 참다운 작은 성인으로 거듭나기를 바라는 것이다. 이를 실행하기 위해서는 일상사에 필요한 올바른 생활 양식과 마음 자세를 매일 10번 이상 상상하고 사색하는 습관으로 일일신우일신 하면서 알차고 보람찬 삶의 의미와 가치를 찾는 데 최대한 노력하는 것이다.

우리는 가정을 기본으로 지키고 더 넓은 사회 공동체를 구성해 살아가야 하므로 어느 시점에서는 결혼할 것인지 안 할 것인지 선택하고 결정해야 한다. 어떻게든 기본 의식주를 해결하면서 건전한 마음 자세로 가정을 끝까지 돌볼 자신감이 있다면 한번 태어난 인생 '결혼해도 후회하고 결혼 안 해도 후회하는 것'이기 때문에 결혼해서 평온하고 화목한 가정을 꾸려 보는 것이 좋다. 이것이 보통 사람이 평범하고 보편적으로 가족과 주변 이웃을 사랑하며 살아가는 기본적 삶이고, 인류 보존 발전에도 기여하는 좋은 방법 중 하나이기 때문에 크게 고민할 필요 없을 것이다. 그러나 유한한 삶을 살면서 기본 의식주 해결과 가족 구성원을 책임지고 이끌고 나갈 자신감이 없다면 결혼 생활을 심사숙고해 결정할 필요도 있을 것이다.

자연 풍경에 대한
직간접적 경험을 넓히자

우리가 살아가야 하는 이유는 사랑스러운 가족이 있고, 소속된 조직에서 맡은 직책에 따라 추진해야 하는 목표와 업무가 있으며, 자아 실현을 위한 원대하고 아름다운 꿈과 희망이 있기 때문이다. 그러므로 살아 있는 동안 책, 인터넷, 현장 경험 등 직간접적 경험을 통해 시야를 넓혀 나가야 한다. 자신의 위치와 재정적 여건이 뒷받침되는 여건이라면 많은 국내외 여행을 통해 다양한 자연과 여러 삶의 현장을 직접 답사해 살아가는 슬기로운 지혜를 넓히는 것이다. 누구든 세상 만상을 모두 경험할 수 없다. 여행하기 멀거나 위험한 지역은 〈동물의 세계〉, 〈걸어서 세계 여행〉, 다큐멘터리 등 TV 프로그램 또는 책 등을 통해 자연의 웅장함과 위대함을 간접 경험 하며 대리 만끽하는 것도 즐겁고 행복한 삶을 보내는 방법 중 하나일 것이다. 평상시 잘 느끼지 못하는 약육강식의 야생 동물 세계, 웅장한 폭포와 가파른 자연 협곡, 끝없는 사막, 인간의 무한한 가능성을 확인하는 피라미드 및 만리장성, 화산에서 내뿜는 물기둥, 수증기, 유황온천, 빙하 속에 자연적으로 만들어진 동굴, 높고 깊은 사이로 흐르는 물줄기, 푸르고 넓은 바다 밑에 펼쳐지는 산호초와 물고기, 산천초목으로 우거진 태곳적의 자연 모습 있는 그대로 보존되어 있는 것 등을 직간접적으로 경험하며 느껴 보는 것이다. 그럼으로써 대자연 속에 존재하는 인간이 얼마나 초라하고 미미한 자연의 일부분인지를 알아 가는 것도 삶의 중요한 과정 중 하나일 것이다. 이런 장엄

하고 웅장한 아름다운 자연 현상과 어느 곳이든 빈부 격차로 살아가는 방법이 세계 어느 곳이든 다 존재하고 다양하다는 것을 가슴 속 깊이 느끼고 새기면서, 어느 순간 벅차오르는 감격과 눈물을 흘리는 순간이 있어야 현재 내가 살아 숨 쉬고 있음에 감사할 수 있다. 누구든 어떤 여건에 있더라도 살아생전에 즐겁고 행복한 시간을 많이 갖도록 최선을 다하면서 먼 훗날 가족과 주변 이웃에게 활기차게 생활한 사람으로 미소 지을 수 있고, 타인에게 무엇이든 조그마한 도움을 준 사람으로 기억에 남을 수 있도록 노력하는 것이다.

　인간은 누구나 이 세상에 태어나면서부터 자신과 똑같은 사람 하나 없는, 독보적이고 독창적인 존재이다. 주변 사람에게 불편과 부담을 주지 않는 범위 내에서 뚜렷한 삶의 목표를 정해 꿋꿋하고 당당하게 한 걸음 한 걸음 앞으로 전진해 나가야 한다. 이런 다양한 삶 속에서 물, 공기, 흙, 태양, 바람, 숲, 나무 등 수많은 천연자원을 누구나 똑같이 누릴 수 있기 때문에 아직까지 행복하게 살 만하고 지낼 만한 것이다. 행복은 어느 곳도 아닌 지금 내가 존재하는 장소에 폭넓게 널려 있으므로 마음껏 자유롭고 평화롭게 즐길 수 있는 자세를 갖춰야 한다. 소소한 행복은 자연 있는 그대로 느끼고 즐기면서 현재 가지고 있는 것에 만족하겠다는 마음을 편하게 갖는 순간부터 내 주변에서 결코 벗어나지 않는다. 비록 남보다 조금 뒤처진

부분이 있을지라도 너무 비관하거나 주눅 들지 않겠다는 자세를 가진다면, 그 자체로 가슴에 벅차오르는 행복을 느낄 수 있다.

　우리는 각기 다른 다양한 삶을 추구하므로 각자 현실에 맞게 최선을 다하며 자신의 기량을 밖으로 마음껏 드러내 놓고 살아가는 것이다. 그러면 어느 곳이든 자신만 가지고 있는 독특하고 고유한 아름다운 자태를 뽐내며 살아갈 수 있다. 야생화는 비바람, 눈보라, 폭풍, 엄동설한 속에 밟히고, 긁히고, 꺾이는 온갖 모진 풍파를 겪으며 꽃봉오리를 맺는다. 아무리 높고 깊은 낭떠러지나 사막 등지에서도 자연 생태계와 조화를 이루며 아름답고 예쁜 각양각색의 꽃을 피운다. 행복은 먼 미래에 있는 것이 아니라 지금 숨 쉬고 있는 이곳에 있음을 인정하는 순간이 빨라지면 빨라질수록 행복한 시간이 그만큼 길어진다. 인간은 놀이, 공부, 노동과 일, 여행, 취미 생활, 산책, 사색, 기도, 운동 등 무엇이든 매일 행하면서 살아간다. 이런 행위는 평상시 바다 수평선 위로 해가 솟아오르고 서산 너머로 노을이 질 때까지 육신과 함께 맑고 신선한 공기를 마시며 쉼 없이 행해지고 있는 것이다. 내가 현재 살아 있기 때문에 모든 만물과 수많은 인연을 맺고, 무슨 일이든 행할 수 있으므로 삶의 존재 가치와 의미가 있는 것이다.

7. 죽음을 당연히 받아들이는
슬기로운 지혜

죽음과 삶은 평생
떨어질 수 없는 것이다

죽음은 인간을 포함한 모든 생명체가 태어남과 동시에 만물과 다양한 관계를 맺으며 각기 본연의 역할을 수행하고 살다가 세월이 흐르면 자연 속으로 홀연히 떠나는 것이다. 미래는 한 치 앞도 예측할 수 없기에 삶과 죽음은 항상 한 몸이 되어 같이 움직이는 것이다. 삶의 유한성과 죽음에 대한 사고는 평생 숨 쉬고 있는 동안 끊임없이 깊이 생각하고 고민하며 살아가야 하는 중요 과제라는 것을 맑은 정신으로 평상시 인식하고 있어야 정신적·심리적으로 평온하고 안정된 생활을 영위해 나갈 수 있다. 아무리 높은 직위, 막대한 권한, 엄청난 재물, 천부적인 귀한 재능을 가지고 있고, 반대로 직위, 권한, 재물, 재능이 아주 미천하더라도 죽음은 언젠가 맞이해야 한다. 죽는 시기는 다르지만 빈부귀천·남녀노소와 관계없이 어느 날 갑자기 찾아오는 것은 누구에게나 동등하게 적용된다. 모든 일에 너무 과시하거나, 주눅 들거나, 두려워하거나, 괴로워하지 말고 초연한 마음으로 대하면서 갑자기 찾아오는 죽음을 언제든지 받아들일 자세를 갖출 수 있도록 매일 배워 나가야 하는 것이다. 죽음을 대비하는 슬기로운 지혜는 현재에 충실하면서 과거·미래에 너무 집착하지 말고, 남의 일보다 자신의 일에 좀 더 집중해 현명하게 처리해 나가는 방법을 찾는 데 많은 시간이 할애되도록 노력하는 것이다. 모든 현상은 순간적으로 일어났다가 사라지고, 또다시 일어났다 사라지기를 반복하므로 어떤 일에 깊이 얽매이거나 연연(戀戀)하는 마음을 벗어나 가벼운 마음으로 지켜보는 여유를 갖고, 다양한 문제와 갈등을 즉시 해결해 나가는 자세를 갖추도록 몸에 습관화시켜야 한다.

죽음은 관념적·낭만적인
것이 아니다

죽는 방법은 살아가는 방법만큼이나 다양하다. 엄마 뱃속에서 태어나기 전에 삶을 마감하는 사람, 질병·전염병 등으로 사망하는 사람, 취약한 환경 지역에서 태어나 잘 먹지 못해 굶어 죽는 사람, 전쟁 중 떨어지는 폭탄이나 총알을 피하지 못하고 사망하는 사람, 지진, 태풍, 화산 폭발, 홍수 등 자연재해로 자신의 의지와 관계없이 죽는 사람, 동호인과 즐거운 취미 활동을 하다가 객사하는 사람, 우주 여행 또는 자동차, 선박, 비행기, 철도 등의 교통수단으로 즐겁게 여행하거나 이동하다가 갑작스럽게 불의의 사고를 당하는 사람, 감정 싸움으로 타살되는 사람 등 하늘이 내려 준 운명은 종잡을 수 없다.

　타의적이거나 불의의 사고가 아닐지라도 자신의 의지에 따라 죽는 방법도 가지각색이다. 사랑하는 사람과 동반 자살 하는 사람, 고민과 번뇌를 이겨 내지 못하고 강·절벽 등에서 스스로 삶을 마감하는 사람, 돈 받고 타인을 대신해 전쟁터에 나가 대신 죽는 사람, 인터넷 등 대화방에서 만나 동반 자살하는 사람, 가족 및 주변 이웃과 석별의 정을 나누며 평온하게 죽는 사람, 동료와 토론하면서 죽음을 맞이하는 사람, 암이나 전신 마비 등 한시적 삶을 살면서 하고 싶은 일을 끝까지 마무리하고 떠나는 사람, 정신적·심리적으로 건강하게 백 세까지 유지하다가 육체적 한계를 느껴 스스로 식음을 끊고 삶을 마무리하는 사람 등 상상하기 어려운 과정을 스스로 짊어지고 죽음의 강을 건넌다. 이 중에서도 굳건한 의지를 갖고 국가와 민족을 위해 강력하고 숭고한 정신력을 보여 주며 자신을 희생하는 죽음도 많이 있다. 국가의 부름을 받고 나라를 지키기 위해 전쟁터에서 적과 싸워 명예롭게 돌아가신 호국영령, 빼앗긴 나라를 되찾고자 자발적으로 나라와 민족을 위해 자신을 돌보지 않고 맨몸으로 항거한 유관순, 이봉창, 이준 등 강력한 정신력을 보여 준 열사(烈士) 또는 무력으로 항거하여 의롭게 죽은 안중근, 윤봉길 등 숭고한 정신력을 보여 준 의사(義士) 등으로 순직하신 순국선열도 있다. 한때 식민지 지배 또는 전쟁을 겪은 국가에 소속되어 있는 국민은 이들의 숭고한 죽음 또는 희생이 있었기에 지금 우리가 자유롭고 평화로운 상태에서 행복하고 즐거운 생활을 영위할 수 있다는 사실을 결코 잊어서는 안 된다.

죽음은 일상생활과 멀리 떨어트려 놓고, 보고 싶거나 알고 싶지 않는 단어 중 하나이지만, 그렇게 할 수 없는 것이 현실이다. 편안하고 행복한 삶을 오랫동안 유지하며 살아가고자 열과 성을 다해 몸에 좋다는 자연식품, 한약, 양약, 의학 기술 등 모든 것을 최대한 활용해 보지만 죽음을 결코 막을 수 없다. 우리는 매일 어쩔 수 없이 매스컴, 책, 부고장, 사고 현장 등을 통해 주변 사람의 갑작스러운

탄생은 불가사의한 인연의 연속

비보를 접하거나 목격하게 된다. 이 순간 생전에 가족·사회·국가·세계에 무엇인가 조그만 흔적이라도 더 남겨 놓고 떠나야겠다는 생각을 되새겨 보기도 하고, 아무리 견디기 어려운 극한 상황에 처하더라도 살아가야 할 이유·의미·가치를 부여해 가며 매 순간 정성껏 최선을 다해 살아야겠다고 다짐해 보기도 한다. 죽음이란 것은 우리에게 심리적 두려움·불안감·공포감을 주지만 어떻게든 살아남아야겠다는 마음만 먹는다면 이를 극복해 내지 못할 대상도 아니라는 것을 보여 주는 사례도 많이 있다. 전쟁 포로수용소에서 부모·형제가 죽음의 가스실로 끌려가는 현장을 보면서도 역사 현장을 세상에 알리기 위해 끝까지 살아남은 사람, 남북전쟁으로 형과 동생이 서로 총부리를 겨누고 싸우다 한쪽 편이 죽어 가는 현장을 목격하면서도 살아남아 자신의 사상과 신념을 지켜 가는 사람, 민주화 운동 등 격한 사회 활동을 하면서 국가의 미래 안녕을 위해 온갖 죽음의 위협과 압박을 견뎌 내며 살아남은 사람, 종교적인 신념을 갖고 희생과 봉사를 평생 하며 세계 인류 평화와 안녕을 위해 열악한 환경을 견뎌 내는 사람 등이 있다. 이들 역시 죽음을 결코 피하지 못하므로 죽음은 관념적이지도 낭만적이지도 않은 것이다. 따라서 인생을 어떻게 마무리하는 것이 보람찬 것인지 평상시 깊이 성찰하고 행동하도록 많이 노력해야 한다. 누구든 이왕 살아가기로 결정했으면 외로움, 우울증, 상실감, 공포증 등 부정적 감정보다 보람차

고 아름다운 꿈과 희망을 언젠가 성취할 수 있다는 긍정적이고 낙천
적인 감정을 갖고 열정과 에너지를 죽을 때까지 쏟아붓는 것이다.
그러면 어느 순간 갑자기 죽음과 맞부딪치더라도 후회 없는 삶을 열
심히 살아왔음에 감사하며 평온하고 편안한 마음으로 받아들일 수
있다.

탄생은 불가사의한 인연의 연속

삶과 죽음에 대한 감정에는
세대차가 있다

삶과 죽음에 대한 감정은 살아오는 동안 겪은 많은 고초, 경험, 환경, 사고에 따라 세대 간 사뭇 다르게 나타날 것이다. 현재 생존해 있는 20~21세기 세대는 세계사적으로 제국주의 몰락, 세계대전, 중국의 공산화, 대영제국 해체, 미국·소련 초강대국 등장, AI 첨단 기술 경쟁, 우주 경쟁 등 끊이지 않는 분쟁과 투쟁 속에서도 꿋꿋하게 살아남아 숨 쉬고 있다. 최근에는 선진국을 주축으로 인공위성, 컴퓨터, 인터넷, 스마트폰 등 최첨단 과학 기술 발전에 공을 들여 전 세계가 24시간 쉬지 않고 인간과 인간, 인간과 사물, 인간과 기계, 사물과 사물, 사물과 기계 등 각 개체 간 수시로 새로운 정보를 서로 교환·제공하면서 생존 경쟁을 하는 초연결·초스피드 사회로 연결되어 일상생활에 큰 영향을 주고 있다. 국내에서는 일제강점기, 3·1 운동, 한국전쟁, 4·19 혁명, 5·16 군사정변, 5·18 광주민주화운동, OECD 가입 및 IMF 구제 금융신청, 양극화 및 파벌 갈등, 대통령 탄핵 등 정치 경제가 요동치고 있다. 하루가 다르게 급변하는 사회 현상에 따라 침묵세대, 베이비부머세대, MZ세대가 겪은 삶과 죽음에 대한 차이도 매우 다르게 나타나는 것이다.

한국전쟁 이전에 태어난 침묵세대는 일제강점기에 조국을 잃고 영토를 빼앗겨 강제 노동 동원, 인권 침해, 모국어 사용 금지, 창씨 개명 등 육체적·문화적 억압을 당하는 수모를 겪었다. 잊을 수 없는

탄생은 불가사의한 인연의 연속

한국전쟁은 피비린내 나는 동족상잔의 살육 현장에서 삶과 죽음을 직간접적으로 목격하기도 했다. 전쟁으로 전 국토가 초토화된 산업 시설, 공공시설, 교통 시설 등을 복구하기 위해 남녀노소 할 것 없이 전 국민이 팔을 걷어붙이고 복구 현장에 투입되고, 의식주를 해결하기 위해 치열한 생존 경쟁에 직접 뛰어들었던 것이다. 약 십만 명의 전쟁고아, 약 천만 명의 이산가족으로 인한 아픔과 슬픔을 뒤로하고, 가정과 국가 재건을 위한 꿈과 희망을 포기하지 않고 죽음보다 삶을 택했다. 또한 이들은 정신적·육체적으로 피폐해진 상태에서 정치 경제와 사회 전체가 불안하고 혼란해진 틈 속에 정권을 유지하기 위해 부정선거와 부정부패를 저지른 정부에 맞서 민주주의를 요구하는 4·19 민주혁명을 직접 경험하기도 했다. 그래서 이들은 말과 행동이 비교적 자유롭지 못한 상태에서 삶과 죽음을 생각하며, 어떻게든 힘들고 어려운 현실을 이겨 내 가족과 함께 살아남아야겠다는 일념으로 자기희생을 아끼지 않고 살아왔다. 힘들고 어렵고, 춥고, 배고픈 시절에 기쁨, 환희, 즐거움, 슬픔, 어려움, 괴로움, 고통, 번뇌 등 오만가지를 다 겪으면서도 끝까지 살아남은 것이다. 산다는 것은 최빈민국, 중진국, 선진국 어느 곳이든 대지에 발을 딛고 이 세상에 나온 순간부터 자연 속의 모든 생명체·물질과 공존하며 생존 경쟁에서 일어나는 온갖 일들을 슬기롭게 잘 이겨 내야 한다. 지역에 따라 정도 차이는 있겠지만 폭풍, 홍수, 가뭄, 지진, 불의의 사고,

폭동, 전쟁 등 자연적·인공적 재해와 코로나19 등과 같은 전염병이 가까운 주변으로 퍼져 나갈지라도 이를 슬기롭게 극복해 후손을 지속적으로 이어 나가야겠다는 강한 정신력과 위생 관리를 철저히 해야 살아남는다. 그래서 이들은 조부모·부모·자녀가 함께 공존하는 가부장적인 공동체 생활을 선호하며, 온 가족이 합심해서 어떻게든 살아가야 하는 이유와 가치를 찾으며 살아왔다.

베이비부머세대는 부모 세대가 살아온 어렵고 힘든 과정과 1970-80년대의 급속한 경제 성장을 직간접적으로 경험하는 가운데 민주화운동에 적극 참여하여 사회적 큰 변혁을 가져왔지만, 기존의 전통과 보편주의에 대한 가치를 중요하게 생각하며 생활해 왔다. 어린 학창 시절에는 전쟁 후유증으로 엉망진창이 된 주변 환경 때문에 창궐한 결핵, 장티푸스, 말라리아, 천연두 등 전염병을 극복하기 위해 쥐를 잡아 쥐꼬리를 학교에 가져가야 했다. 먹을 것이 없을 때 밀가루 등 보급품을 배급받아 수제비, 강냉이죽, 보리죽 등을 먹으며 성장했다. 또한 1인당 국내총생산(GDP) $160~$300밖에 안 되는 최빈민국 멍에를 벗어나기 위해 외국에 나가 탄광, 병자 간호, 사막 건설 등 현장을 누비며 외화벌이에 앞장서기도 했다. 어렵고 힘든 주변 여건 속에서도 어떻게든 살아 보겠다는 불굴의 의지를 갖고 산업역군이 되어 열악한 환경을 인내와 끈기로 극복하면서 가정과 국가 경제

탄생은 불가사의한 인연의 연속

기반을 구축하는 데 큰 역할을 한 것이다. 이들은 독립적 가정을 선호하며 침묵세대보다 편안하고 안정된 생활을 꿈꾸며 살다가 아름다운 죽음을 맞이하는 것이 살아가야 할 이유·의미·가치가 있다고 생각한다.

MZ세대는 아날로그시대에 살아온 침묵세대와 베이비부머세대와 달리 여유롭고 풍요로운 생활을 누리면서도 빛의 속도만큼 빠르게 변하는 AI 최첨단 과학 기술 발전에 맞춰 새로운 정보를 신속하게 입수해 서로 정보를 교환하면서 생존 경쟁 하는 디지털시대에 살고 있다. 이들은 모바일, 네이버 쇼핑, 네이버페이, 카카오톡 선물하기, 유튜브, 넷플릭스, 빠른 로켓 배송 문화, 온라인 쇼핑 등에 익숙한 신세대이다. 소셜 네트워킹 서비스(SNS)로 맺어진 인적 관계로 수시 발생되는 가족·직업, 식성, 환경, 정치, 경제 등 다양한 문제 해결 방법에 있어 종전 전통 방식 적용을 일률적으로 강요하기보다 제각기 다른 새로운 방식을 찾아 적용해 나가는 것을 선호한다. 또한 시기나 장소에 제약받지 않고 언제, 어디서든 온라인상으로 개인 취향에 맞는 맞춤형 쇼핑을 즐기고, 누구와도 SNS를 통해 서슴없이 친구가 되고, 쉽게 헤어지기도 한다. SNS상에 논의되는 다양한 과제에 대해서는 부담 없이 단순 참여하기도 하지만, 한편으로는 자신의 신분이 대중에게 일방적으로 노출되는 것을 꺼려하기 때문에 가명을 자주 사용하기도 한다. 시공간과 국경이 없어진 무한 경쟁 시대에 수시로 일어나는 갈등 문제를 주의 깊게 관찰하고 시험해 보면서 새로운 방식을 찾아 해결할 수 있도록 다양하게 시도해 보는 것이다. 가능하다면 장기적 근무보다 단기적 근무 형태를 선호하고, 조기 퇴직한 퇴직금으로 풍요로운 문화와 취미 생활을 하면서 보다 많은 여가 활동을 즐기길 원하는 것이다. 상대적 빈곤감과 취업 장벽에 부딪히면서도 지금보다 더 좋은 직장이 나오면 언제든지 쉽게 이직함으로써 조직에 대한 충성도가 낮은 편이다. 그러나 이들 역시 삶과 죽음의 갈림길에서는 죽음보다 삶을 선택해 평화롭고 행복하게 사는 방법을 찾으려 노력하는 것은 윗세대들과 별반 다르지 않은 것이다.

삼 세대가 혼합해 살아가는 현대에서 일어나는 세대 간 삶과 죽음에 대한 감정과 사고는 아주 먼 옛날 열악한 환경 조건 속에서도, 현재 디지털 혁명을 기반으로 한 제4차 산업혁명의 AI 최첨단 시대에서도, 예측 불가능한 미지의 세계 먼 미래에도 항상 다르게 존재할 것이다. 죽음보다 삶을 선택해 살아야겠다는 갈망은 생사를 가르는 전쟁이나 열악한 환경을 견뎌 온 사람들이 평온한 상태에서 편안하게 살아온 사람보다 훨씬 클 것이다. 삶과 죽음에 대한 인식 차이는 지구가 멸망할 때까지 크게 변하지 않을 것이고, 이것을 이겨내기 위해 서로 경쟁하고, 투쟁하고, 보완하며 생활해 나가는 생활 양식 역시 크게 변하지 않을 것이라는 것도 사실이다. 우리보다 어려운 환경 속에서 태어난 부룬디, 중앙아프리카공화국, 말라위, 토고, 아이티 등 빈민국 사람은 자연이 주는 열매와 농업을 주업으로 생활하면서 부모·형제와 사랑과 정을 나누며 죽을 때까지 열악한 자연환경과 경제 여건을 극복하며 열심히 살아갈 것이다. 미국, 영국, 일본, 프랑스 등 선진국 사람은 풍부한 자원, AI 첨단 과학 기술, 이와 관련된 산업 등을 주업으로 생활하며 편안하고 풍요로운 삶을 영위해 나간다. 하지만 누구든 결코 죽음을 피하지 못하는 것이다. 인간은 어디에서 태어났든 삶과 죽음에 대한 감정을 각각 달리하면서 주어진 주변 환경 여건 속에 열심히 살다가, 언젠가는 삶을 마무리해야 한다는 사실을 인정하고 살아가는 것이다.

긍정적이고 밝은 측면으로
죽음을 받아들이자

죽음에 대한 사고(思考)는 자연 생태계의 순환 법칙에 따라 태어나고 사라지는 것을 슬기로운 지혜로 자연스럽게 받아들이는 것, 천국·극락에 가서 부활하거나 환생할 수 있다는 신념을 믿는 것, 죽은 사람의 아름답고 숭고한 삶을 회상하며 현재 자신의 존재 가치를 알아 가는 것 등 다양한 것이다. 그렇다면 육체는 사라지고 정신적 영혼만 남는 죽음은 과연 어떤 느낌일까? 누구도 이것을 확실하고 명쾌하게 답해 주는 사람은 없다. 왜냐하면 죽음을 경험한 사람이 많지 않아 검증할 만한 충분한 과학적 증명 자료가 없기 때문이다. 우주 속에 존재하는 모든 생명체가 언젠가 죽는다는 사실을 우리는 알고 있다. 그럼에도 불구하고 현대 최첨단 과학 기술과 의학 기술 등 이용해 죽음을 막거나 사후 영혼이 영원히 이어지는 방법을 알아내기 위해 밤낮으로 고심하고 있다. 하지만 지금까지 죽음을 막지 못할 뿐만 아니라, 죽음이 물질세계에서 끝나는 것인지, 아니면 정신세계 어느 한줄기로 계속 이어져 지속되고 유지되는 것인지 여부를 현대과학으로 확실하게 증명하지 못하고 있는 것이다. 아마 앞으로도 요연한 일일지 모른다. 의학적 사망 선고를 받고 땅에 묻히다 몇 시간 만에 환생한 사람도 있으나 이들 역시 오랜 시간 죽었다 살아난 것이 아니므로 삶과 죽음이 어떤 느낌인지 잘 분간하지 못해 명쾌한 답을 내놓지 못하고 있다. 간혹 몇몇 임사 체험자가 전하는 바에 의하면 죽음은 칠흑 같은 길고 어두운 터널을 무서운 속도로 지나면서 측정하기 어려운 긴 터널 끝에 밝고 찬란한 빛이 나타나 황홀한 느낌을 받았다는 것이다. 반면에 소용돌이 같은 회오리바람 속으로 빨려 들어가 두려움·공포 등 지옥같이 흉측한 느낌을 받았다는 사람도 있다. 그래서 죽음을 각자 상상 속에 맡겨야 하겠지만, 가능한 긍정적이고 밝은 측면으로 생각하는 것이 좋을 것이다. 죽음은 현재 삶보다 신비롭고 아름다운 제3의 여정을 시작할 것이라는 기대를 갖고 평온하고 평화로운 넓은 바다, 미지의 죽음 세계로 펼쳐 나가는 희망을 가져 보는 것이다.

  보통 사람이 죽음에 대한 공포감, 두려움, 괴로움 등을 많이 느끼는 이유는 삶과 죽음을 명확히 구별해 놓고 생활하기 때문이다. 수백 미터 높이의 낭떠러지에서 외줄 탈 때 떨어지면 한순간에 부귀영화, 권력, 명예 등을 모두 잃어버리고 죽는다는 아쉬움과 걱정 때문에 일어나는 것이다. 종교적 또는 철학적으로 깊은 사고를 가진 사람은 삶과 죽음을 구분하지 않도록 평상시 심신을 단련시키고, 죽은 뒤에 이어지는 영혼이 현실 속에서 계속 존속한다는 굳은 신념을 갖고 있기 때문에 공포감, 아쉬움 등을 쉽게 극복할 수 있는 것이다. 우리도 이들과 같이 생각을 바꾼다면 죽음을 조금 더 완화시킬 수 있는 방법이 생길 것이다. 죽음에 대한 공포감 등을 극복하는 방법은 평상시 심신 단련을 열심히 닦아 죽은 이후에도 자유로운 영혼

탄생은 불가사의한 인연의 연속

이 현실 속에서 계속 존재한다는 것을 믿게끔 좋은 방향으로 정신적·심리적 마음 자세를 갖춰 나가야 가능한 것이다.

　평화롭고 평온한 죽음을 맞이하기 위해서는 살아 있는 동안 모든 만물과 유익한 방향으로 공생·공존하며 알차고 보람찬 삶을 살아갈 수 있도록 온 힘을 다해 수시로 배우고 개선해 나가야 한다. 죽음을 받아들이는 지혜와 마음 자세, 사후 영혼에 대한 긍정적 신념을 갖도록 평상시 노력하는 것뿐일 것이다. 그러면 현재까지 내가 지구 어디에선가 숨 쉬고 있음에, 존재하고 있음에 진심으로 감사하며 열심히 살면서 어느 날 갑자기 죽음이 우리 앞에 다가와도 흔들림 없이 무덤덤하게 받아들일 수 있다. 모든 인간은 태어날 때 아무것도 가진 것 없는 빈손이었고, 떠날 때 역시 그동안 가지고 마음껏 누렸던 권력, 재물, 재능 등을 모두 내려놓고 빈손으로 떠나야 한다. 우리는 고귀한 존엄성과 품위를 갖춘 존재로서 가능한 편안하고 평온한 마음으로 살다가 후손에게 진보·발전된 문화와 문명을 남겨주고 아름답게 삶을 마무리하는 것이다. 자연 순환 법칙에 따라 맑고 신선한 공기가 우리 몸속으로 들어오고, 병들고 오염된 공기가 자연 속으로 내보내지면서 다른 만물이 새롭게 솟아나고, 오염된 물질이 땅속으로 스며들어 정화하고 순환되는 작용이 반복되면서 자연적 조화와 질서가 유지되는 것을 받아들이는 것이다. 지구에 존재

하는 모든 생명체는 언젠가 죽음을 맞이하고, 사후 영혼은 각자의
종교적·철학적 사고에 따라 다르게 인식할 수 있다는 점을 서로 인
정해야 한다.

탄생은 불가사의한 인연의 연속

8. 자유로운 영혼에
담긴 유산

사후세계에 대한 믿음은
필요한 것인가

사후세계의 영혼(靈魂)을 믿느냐, 믿지 않느냐에 따라 다음 생에 대한 기대감과 현재 삶을 이끌어 가는 자세가 많이 달라질 것이다. 사후 영혼에 대한 생각은 개인의 내적 신념, 철학관, 종교관에 따라 보통 세 부류로 나눠질 것이다. 첫 번째 부류는 육체와 사후 영혼은 육체적·정신적 활동이 멈추고 죽는 순간부터 현실 속의 모든 인연을 끊고 둘 다 동시에 사라진다는 것을 믿는 사람이다. 죽은 이후에는 그동안 가지고 있던 재물, 권력, 지식, 지혜 등 모든 것을 다른 사람에게 넘겨 주고 전혀 알지 못하는 미지의 세계로 육체와 사후 영혼이 함께 깨끗이 없어진다는 것이다. 그러므로 가능한 한 오래 살다가 많이 배워 좋은 직장을 얻고, 힘 있는 권력과 많은 재물을 풍족하게 획득하여 편안하고 안락한 생활을 누리며 마음껏 즐기다 삶을 마감하길 바란다. 이들은 무엇이든 남보다 더 높은 목표를 습관적으로 설정하고 생전에 원하는 목표를 성취해야 행복감을 느끼기 때문에 눈코 뜰 새 없이 바쁘게 살아와서 자신 내면에 존재하는 영혼을 들여다볼 시간이 없었던 것이다. 만족을 모르는 생활 습관과 분수에 넘치는 허황된 꿈을 좇다가 어느 날 갑자기 죽음을 맞이하거나, 병원에 누워 평생 일어나지 못하는 순간을 맞이하면 그때 비로소 인생의 덧없음을 깨닫고 슬픔과 괴로움에 시달리다 죽음을 맞이한다. 두 번째 부류는 육체는 죽으면 대지로 돌아가지만 정신적·심리적 사후 영혼은 더 넓은 평화로운 세상인 거대하고 광활한 새로운 우주 공간으로 더 좋은 일을 위해 영속성을 갖고 인연이 계속 유지된다고 생각하며 생활하는 사람이다. 이들은 삶과 죽음에 대해 평상시 심사숙고하면서 죽은 이후 나타나는 새로운 세상에서 또 다른 착한 일을 계속할 수 있도록 외적·내적 활동을 적절히 조절하며 죽음을 맞이한다. 현실 속에 못다 이룬 과제는 죽은 이후에 따라오는 자유로운 영혼이 더 나은 세상을 만드는 데 필요한 정신적·심리적 유산으로 후손에게 전달되어 생전에 못다 이룬 과제를 후손이 완성해 나갈 수 있다고 믿는다. 이런 자유로운 사후 영혼은 열린 마음으로 살아 있는 사람과 어디서든 소통하여 활기찬 생명과 더 살기 좋은 평화로운 환경을 찾아 주기 위해 우주 공간에서 후손의 언행에 항상 귀를 기울인다고 믿는 것이다. 그래서 사후 영혼은 무한적이고 불가사의한 존재인 비물질적 실체라 생각한다. 현대 첨단 과학 기술로도 사후 영혼을 증명하지 못했지만, 우주 공간 어딘가 떠돌아다니다가 때·장소·남녀노소를 가리지 않고 어떻게든 다른 피조물과 소통하고 있다고 생각한다. 예를 들어, 하느님, 부처님, 성인(聖人)의 영혼은 넓은 우주 공간을 맴돌고 있다가 만인이 정성껏 기도하고 절하면서 무언가 간절히 바란다면 불가사의한 일도 들어주듯이 우리의 사후 영혼 역시 후손이 원하는 것은 언젠가 들어줄 수 있다고 믿는 것이다. 이들이 생각하는 사후 영혼은 이 삶에서 저 삶으로 이어지는 인연의 연속체라는 정신적·심리적 믿음을 갖고 있기 때문에 살아 있는 동안 더 열심히 좋은 말과 착한 행동을 많이 실천해 나가도록 노력하며 최선을 다하는 것이다. 마지막 부류는 죽으면 육체는 대지로 영원히 돌아가지만, 정신적·심리적 사후 영혼은 더 넓은 세상 어디론가 떠돌아다닌다는 것을 얼마쯤 믿는다. 또 한편으로는 사후 영혼이 무한적이고 불가사의한 비물질적이라는 것에 대해서는 일부 미심쩍은 의문점이 있다고 반신반의하며 살아가는 사람이다.

영혼은 불가사의한
인연의 연속체이다

위대한 성인은 인술로 고치기 어려운 고질병을 기적으로 고쳐 주고, 만인을 위해 평생 솔선수범하며 선행을 수시로 실천했기에 천당·극락세계로 들어가고, 악인은 천인공노할 악행이나 만행을 수시로 저질러 흉측하고 칠흑 같은 어두운 지옥에 떨어진다는 내용을 책이나 구술 등으로 전해 오고 있다. 선조가 생전에 많은 선행을 베푼 집안은 그 자손이 이를 본받아 훌륭한 성과물을 성취했다는 것을 직간접적으로 전해 오기도 한다. 반면에 인간성을 상실하고 씻지 못할 폭력성, 잔인성, 배타성, 광기 어린 행동 등을 저지른 홀로코스트와 같은 집안은 인종, 민족, 국가, 종교를 초월해 역사적 심판과 사회적 주목을 받으며 후손에게 많은 괴로움을 안겨 준다. 이들 후손은 인권을 회복하기 위해 몇 세대 거쳐 피나는 노력과 헌신을 거듭해야 정상적으로 원상 복구 할 수 있는 것이다. 그러므로 사후 영혼이 없다는 단순한 생각으로 자유분방하게 자신만 생각하며 악한 행동과 나쁜 말을 자주 하며 사는 것보다 사후 영혼은 인간이 모르는 불가사의한 인연의 연속체로 또 다른 자유로운 여행을 떠나는 삶의 연장선상 위에 있다는 믿음과 사고를 갖고 선한 행동과 좋은 말을 많이 하며 사는 것이 바람직할 것이다.

티베트의 소걀 린포체가 지은 『삶과 죽음을 바라보는 티베트의 지혜』에서 마음의 전생 업이 작용하여 다음 생의 몸을 만나 환생했다는 몇 가지 예를 제시하고 있다. 먼저, 영국 노폴크 출신의 나이 지긋한 아서 플라워듀의 이야기이다. 그는 열두 살부터 사막에 둘러싸인 거대 도시를 상상하며 생활했다. 그러던 어느 날 요르단의 고대 도시인 페트라에 대한 TV 다큐멘터리를 보았는데, 그곳이 자신이 그동안 상상해 오던 도시와 똑같음에 깜짝 놀랐다. 그는 페트라에 대한 책 한 권조차 본 적이 없었으며, 프랑스의 해변 지방을 방문한 것 이외에는 외국에 나간 적도 없었다. 그가 영국 BBC TV에 출연한 후 요르단 정부의 주목을 받고, 요르단 고대도시로 초청받아 그가 직접 본 반응을 찍기 위해 BBC TV 프로듀서와 함께 요르단에 갔다. 페트라의 저자이자 요르단 고고학 권위자가 아서 플라워듀에게 몇 가지 질문한 내용은 고고학 전문가들만 알고 있는 내용이었음에도 불구하고 그것에 대하여 구체적이고 세부적인 지식을 알고 있음에 놀랐다. 또한 기원전 1세기경 자신이 적의 창에 찔려 죽었다는 지점에서 아직 발굴되지 않은 구조물들의 위치와 목적에 대해 설명한 것을 그에게서 직접 들은 페트라 전문가이자 고고학자는 그의 신비스러운 지식을 이해할 수 없었다고 한다. 두 번째는 자연스럽게 전생의 삶을 기억해 내는 인도 편잡 지방의 시크교도 집안에서 태어난 카마르지트 코우위의 어린아이의 이야기이다. 달라이 라마는 대리인을 보내 이 여자아이를 만나 이런 사실을 확인해 보았다. 어느 날, 그녀는 아버지와 함께 시골 장터에 갔다가 갑자기 거기서 좀 떨어진 마을에 데려다 달라고 졸랐다. 그 마을에서 살던 리슈마가 열여섯 살에 차 안에서 죽은 지 열 달 만에 그녀가 태어났다. 그녀가 가고 싶어 했던 마을에 도착하여 교통사고로 죽은 리슈마가 살던 집에 가 학창 시절 모습을 담은 앨범을 보고 기쁨에 가득 찬 눈으로 들여다보고, 친구들의 이름을 전부 기억했으며, 리슈마의 할아버지와 삼촌들이 왔을 때 그들을 바로 알아보고, 그들의 이름을 말했다. 카마르지트 코우위가 늘 부모에게 적갈색 정장을 사 달라고 졸랐는데, 죽은 리슈마가 살던 집에는 정말로 적갈색 정장을 가지고 있었지만 결코 입어 보지 못했다는 것이다. 사후 영혼이 전생의 영혼을 이어받아 다른 사람의 몸으로 환생한 위 사례와 같이 음악 신동인 오스트리아의 모차르트도 다섯 살에 미뉴에트를 작곡하고 여덟 살에 소나타를 출판한 것을 보면, 누군가의 전생의 삶에서부터 음악을 계발시켜 그의 몸으로 이어 온 것 같다고 기술하고 있다.

따라서 우리는 살아 있을 때 순수하고 순결한 어린 마음으로 많이 웃어 주고, 안아 주며 사랑하고, 나쁜 마음보다 착한 마음으로 모범적 모습을 보이고, 타인에게 부담·불편을 주는 것보다 도움·편리를 주고, 미움과 증오보다 용서와 관용을 베풀고, 타인을 이해하는 데 모든 지식·역량·지혜를 잘 활용한다면 유한한 삶의 의미와 가치는 조금이라도 더 빛나게 만들 것이다. 즉, 우리는 옛 성인(聖人)

지도자가 해왔던 것과 같이 타인에게 도움이 되는 좋은 말과 행동을 많이 해 정신적·심리적 사후 영혼이 후손 마음속 깊이 남아 있도록 각인시켜 놓으면 우리보다 훨씬 더 나은 환경 속에서 행복하고 편안한 생활을 영위해 인류를 진보·발전시켜 나갈 수 있다는 믿음을 가져 보는 것이다. 그렇게 하면 정신적·심리적 사후 영혼은 가족, 친구, 주변 이웃에게 평상시 행하는 기본 생활 양식으로, 사회적 관습으로, 전통 문화로 수백 수천 년 동안 후손들 마음속 깊게 인연의 흔적으로 남겨지는 바람직한 유산이 될 것이다.